路傍の反骨、歌の始まり

港の人

姜信子×中川五郎　往復書簡

姜信子　きょうのぶこ

一九六一年、横浜生まれ。八六年『ごく普通の在日韓国人』（朝日新聞社）でノンフィクション朝日ジャーナル賞を受賞。八九年から九一年を韓国の大田で暮らし、その後熊本を拠点に『日韓音楽ノート』（一九九八年、岩波書店）、『棄郷ノート』（二〇〇〇年、作品社、二〇〇一年熊日文学賞受賞）などを著す。旅をし、書くことをたゆみなく続けながら、自らの出自の向こう側に広がる遥かな世界へとテーマを広げ、『追放の高麗人「天然の美」と百年の記憶』（写真アン・ビクトル、二〇〇二年、石風社、二〇〇三年地方出版文化功労賞受賞）、『安住しない私たちの文化　東アジア流浪』（二〇〇二年、晶文社）、『ノレ・ノスタルギーヤ』（二〇〇三年、岩波書店）などを発表。近代国家という制度からはじき出されてきた名もなき人々のひそやかな歌声と語りを追ってさらなる旅を続け、『ナミイ！　八重山のおばあの歌物語』（二〇〇六年、岩波書店）、『うたのおくりもの』（二〇〇七年、朝日新聞社）、『イリオモテ』（二〇〇九年、岩波書店）などに結実させていく。二〇〇八年、東京に居を移す。二〇一一年、『今日、私は出発する　ハンセン病と結び合う旅・異郷の生』（解放出版社）、『はじまれ　犀の角問わず語り』（サウダージ・ブックス＋港の人）を発表。二〇一四年には『死ぬふりだけでやめとけや　谺雄二詩文集』（みすず書房）の編者を務める。病や震災のため故郷を失い理不尽な辛苦を負わされた人々に心を寄せつつ、彼らが容易には語らぬもの、語り得ぬものに向けて、自らの文章をも研ぎすませてゆく。以後、『声千年先に届くほどに』（二〇一五年、ぷねうま舎、鉄犬ヘテロトピア文学賞受賞）、『生きとし生ける空白の物語』（二〇一五年、港の人）、『妄犬日記』（二〇一六年、ぷねうま舎）など。また、二〇一五年より佐渡伝統の人形浄瑠璃の復活と発展に挑戦する「猿八座」の活動に関わり、古浄瑠璃や説経祭文への興味を深め、『平成山椒太夫　あんじゅ、あんじゅ、さまよい安寿』（二〇一六年、せりか書房）、『現代説経集』（二〇一八年、ぷねうま舎）などを発表する。現在は、奈良を拠点に、著作、韓国語文学の翻訳のほか、公演や学びの場づくりなど作家を越えた活動を展開中。

中川五郎　なかがわごろう

一九四九年、大阪府生まれ。ラジオから流れるアメリカのフォークソングに洗礼を受け歌作りを開始。六七年「受験生ブルース」「主婦のブルース」などを引っ提げ人前で歌い始める。六九年、アルバム『終わり　はじまる』リリース。六九年には『フォークは未来をひらく　民衆がつくる民衆のうた』（共著、社会新報）を刊行。七〇年代に入ってから、音楽雑誌等への執筆を多く行い、『未来への記憶　中川五郎的音楽生活』（一九八六年、話の特集）にまとめられる。七六年にアルバム『25年目のおっぱい』、七八年にアルバム『また恋をしてしまったぼく』を発表。八〇年代より執筆活動が増え、『ホールアンドオーツ詩集』（一九八六年）、『U2詩集　ヨシュア・トゥリー』（一九八八年）、『マーク・ボラン詩集　ボーン・トゥ・ブギ』（一九八八年）、『モリッシー詩集』（一九九八年、以上シンコー・ミュージック）、『ボブ・ディラン全詩集 1962-2001』（二〇〇五年、ソフトバンククリエイティブ）など歌詞の翻訳、『詩人と女たち』（一九九二年、河出書房新社）をはじめとするチャールズ・ブコウスキー諸作品の翻訳、ハニフ・クレイシなど英米の現代作家たちの翻訳で高い評価を受ける。並行して『愛しすぎずにいられない』（一九九二年、マガジンハウス）、『渋谷公園通り』（一九九九年、ケイエスエス出版）、『ロメオ塾』（一九九九年、リトルモア）などの小説も発表。九〇年代後半からは、再び音楽を活動の中心に置き、作曲とライブを継続して行う。アルバムは『ぼくが死んでこの世を去る日』（二〇〇四年）、『そしてぼくはひとりになる』（二〇〇六年）、『ぼくのゆめは…「空が青いから白をえらんだのです　奈良少年刑務所詩集」』（二〇一四年、企画アルバム）、『どうぞ裸になって下さい』（二〇一七年）などを発表。ギターとギター・バンジョーを抱え、日本各地で地道なライブ活動を継続中。最近の著作は『ディランと出会い、歌いはじめる』（二〇一七年、グループSURE）、『七〇年目の風に吹かれ　中川五郎グレイティスト・ヒッツ』（二〇一九年、平凡社）など。

撮影：久我一午

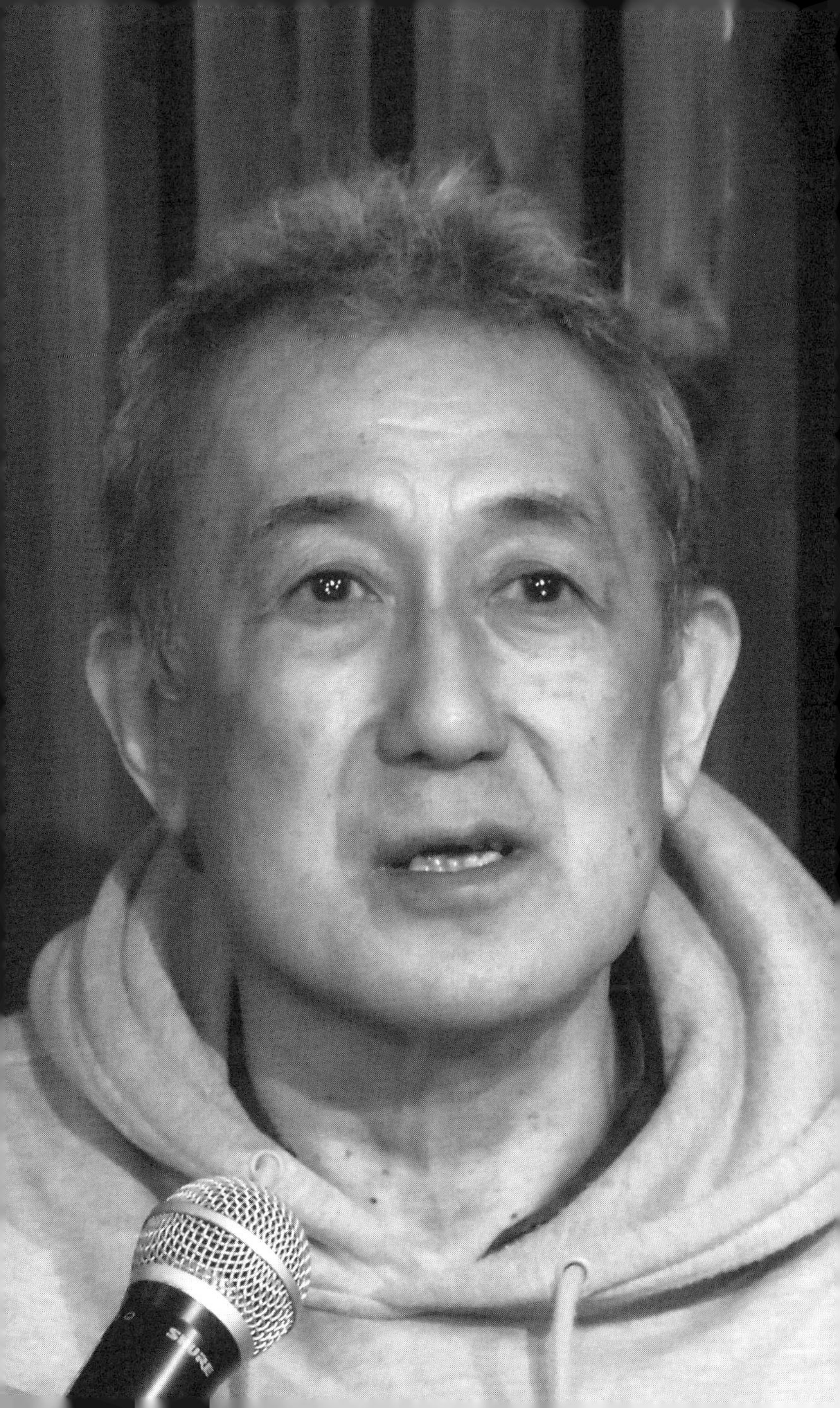
SHURE

目次

第1信 姜信子から中川五郎さんへ

千年狐のように、みずから歌声をあげて

千年狐のように、みずから歌声をあげて

五郎さん、こんばんは、

今夜は雨降り、明日から六月というのに、なんだかシーンと冷えてます。五郎さんとは、*去年下北沢のＢ＆Ｂで話したり歌を聴いたりしたっきり、あれからもう一年近くが過ぎてしまったんですね。

私はいま、懐かしい気持ちで、YouTubeのなかの沖縄のどこかの険しい海辺で歌っている五郎さんの声を聴きながら、この手紙を書いています。目の前の画面で、*「僕らは腰まで泥まみれ」と、素晴らしく派手なシャツを着た五郎さんが歌っていますよ。うん、確かに。本当にそうかもしれない、この世の中を眺め渡せば、私たちは、いまや、もう腰まで、いや、首までずぶずぶに泥まみれ……？

今日はね、そんなことを思いつつ、日がな一日、旅の支度をしていました。私も五郎さんみたいに旅に出ることにしたんです。東京から熊本へと車で六月七日に出発して、到着は十三日の予定。京都、広島、北九州と、途中あちこちに立ち止まっては、歌って語って投げ銭集めて、寄せられる思いと力もかきあつめて、*四月十四日以来震度七の揺れに二度も襲われて今なお揺さぶられ続けている熊本の仲間たちに届けようと。

旅に出る私の心には、こんな言葉が刻まれています。これは、きっと、五郎さんの歌声とも響き合う言葉のはず。

いつか世界が濁ってしまう日がくる。その日のために、誰も知らない大切な場所に秘されている、かそかな美しい音を、今のうちに聴きとっておきたい。

＊去年下北沢のB&Bで話したり… B&Bは東京・下北沢の書店で、毎日、本に関するイベントが行われている。二〇一五年六月二十日には『言葉の胎児たちに向けて——同調から共感へ』（二〇一四年十月、アドリブ刊）の刊行記念トークイベントが行われ、姜と中川が出演した。同書は、姜信子、中川五郎、寮美千子、末森英機の共著で、言葉・詩・歌をめぐる四人の座談を軸にしたもの。この座談については、本書三十一ページに中川が記している。

＊僕らは腰まで泥まみれ 反戦歌として知られるピート・シーガーの『Waist Deep in the Big Muddy』（一九六六年）に中川自身がつけた訳詞の一節。権威主義的で愚かなリーダーが全体を危機に陥れるさまを歌うこの曲を、中川は五十年以上にわたって歌い続けている。

＊四月十四日以来震度七の… 二〇一六年四月の熊本地震は、十四日と十六日にそれぞれ大きな揺れが観測されただけでなく、三十日までに広範囲にわたって千回以上の余震があった。二度の夜の激震と止まない余震は直接的な被害のみならず、人々に大きな恐怖と不安を与えた。

千年狐のように、みずから歌声をあげて

この言葉は、*石牟礼道子さんの『水はみどろの宮』に登場する、片目の黒猫おノンの心に湧きいずるものです。「片目じゃの、片耳じゃの、ものの言えない者じゃの、どこか、人とはちがう見かけの者に逢《お》うたら、神さまの位を持った人じゃと思え」と石牟礼さんが書く、その神の位を持った黒猫おノンの、祈りの言葉。そんな祈りを私も心に深く宿して、この世の音に耳を澄まして、黒猫のように、山犬のように、ケモノのように、鳥のように、虫のように、水のように、風のように、旅に出たいと思ったのです。

熊本は、二〇〇八年まで、二十年近く暮らした土地でした。熊本で地震が起きたとき、私は東京に居たけれど、無闇に急き立てるような緊急地震速報のいやな音を聴いて、慌ててつけたテレビの画面のなかの激しく揺れる熊本と一緒に、熊本にいる親しい人々とともに、ぐんらぐんらと恐ろしいほどに私の心も揺れました。だって、テレビに映しだされるどこもかしこもが、体で記憶している場所なんです、いや、記憶というより、五感が熊本とつながっている。

四月十四日の最初の地震のときから、私はずっと揺れつづけている、居ても立ってもいられない。でもね、思うに、それよりももっと恐ろしいことがある。たぶん、地震の起きる前から、もう私たちは既に十分に、五感が麻痺するほどに揺さぶられつづけていたのではないか？　彼らのかそかな美しい音はいつもそこにあって、祈りもそこにあったはずなのに、そのことに気づいていなかったか、気づこうとしていなかったのではないか。と、いまさらながら思うのです。

実を言うと、熊本で地震が起きる少し前から、私は『水はみどろの宮』を繰り返し読んでいました。『水はみどろの宮』の挿画を担当した＊山福朱実さんや音楽をやる仲間たちと一

＊**石牟礼道子**　一九二七～二〇一八年。作家。熊本県天草に生まれ、生後三か月で水俣に移る。代表作『苦海浄土　わが水俣病』はじめ詩、物語、芸能などを通じて人間の魂の表現を探究し、生涯にわたり風土に根差した文筆活動を行った。姜が石牟礼に初めて会ったのは八〇年代、二〇一〇年頃より姜は定期的に石牟礼を訪ね交流をもった。『水はみどろの宮』は、児童文学雑誌『飛ぶ教室』の連載として書き始められ、一九九七年に単行本として平凡社から刊行された後、二〇一六年に福音館書店より復刊された。

＊**山福朱実**　一九六三年、福岡県北九州市若松生まれ。イラストレーターとして活躍後、二〇〇四年より木版画の制作を開始する。絵本『ヤマネコ毛布』『ぐるうんぐるん』のほか、書籍の装画も多く手がけ、姜信子著『うたのおくりもの』『はじまりはじまりはじまり』『妄犬日記』の表紙も山福の版画が飾った。新版『水はみどろの宮』では、木版画と紙版画を組み合わせた約五十点の挿画を制作した。トーク、ワークショップなども積極的にこなし、末森樹との音楽ユニット「樹の実」ではヴォーカルを担当。

千年狐のように、みずから歌声をあげて

緒に、本のページで言えば二百五十ページもある『水はみどろの宮』を、ほんの一時間ほどで歌い語るための準備をしていた。私はその台本担当です。中心となるエピソードは、奇しくも、阿蘇の噴火と大地震。

『水はみどろの宮』では、大ナマズや黒猫おノンといった人間ならぬ生類が、人間どもに地震がやってくることを告げにやってきます。火を噴き、石を飛ばし、凄まじく揺れる地震のなかにあって、「逃げろ逃げろ」と激しく半鐘を打ち鳴らすのは千年白狐、その名も〃ごんの守《かみ》〃です。このごんの守の役割はと言えば、耳も目も塞がって見えるものしか見えない、聞こえることとしか聞かない人間どもには到底知りようのないこの世の奥底の命の泉を、はっしはっしとさらって浄めること。

彼らは、ずっと、「放っておけば世界は濁っていくぞ、世界が底の底から大きく揺さぶられる日がやってくるぞ」と、かそかでひそかな声で人々に語りかけ、人知れず黙々と濁った世界を浄め、この世界のために祈り、歌ってきた。

六根清浄　六根清浄
水はみどろの
おん宮の
むかしの泉　むかしの泉
千年つづけて　浄めたてまつる

千年つづけて
浄めたてまつる

この物語を石牟礼さんはもう二十年以上も前に世に送り出しています。が、私には、これはただの物語とは思えない。水はみどろのおん宮の、ごんの守の歌を聴けば思い出す、*パナマの密林の奥地にも、世界が大洪水に襲われないようにと年に一度、歌の祭りをする人々がいるのです。誰にも聞こえない、誰にも見えない、必死の密林の祭りと祈り。

ああ、そうなんだね、誰かが、なにかが、いつもどこかでこの世界のために、生きとし生けるすべての命のために歌い、祈っているんだね、この世には、きっと、無数のいのちのまつり、でも、私たちはそれを知らぬままに生きて、知らず知らず救われて、やがて、そのうち、知らず知らず滅びてゆくんだね。と、そんなことを、取り返しがつかぬような心持ち

＊パナマの密林の奥地にも…　パナマのインディオ、ワウナナ族の人々による祭り。世界各国に滞在しながら執筆を続けた作家、ル・クレジオの紀行文『歌の祭り』（岩波書店刊、二〇〇五年）に、西欧文明から遠く離れた場所で出会ったこの儀式にかんする記述があり、多くの人に深い印象を与えた。

で考えました。石牟礼さんには聞こえていた彼らの歌、祈りの声、「かそかな美しい音」が、私にはろくろく聞こえていなかったんだなぁ、3・11のあの底からひっくり返されるような心身の感覚でさえも時とともに薄れるのだなぁと、私の心は、3・11のわずか五年後に熊本を襲った地震に揺さぶられて、狼狽え、哀しんだのでした。

　私たち——山福朱実さんとクラシックギター弾きの*末森樹君と祭文《さいもん》語りで三味線弾きの*八太夫師匠——が、『水はみどろの宮』歌い語りの会を催したのは五月二十一日、東中野のポレポレ坐でのことです。この歌い語りを上演するためにもてる力と声と音を持ち寄った私たちは、当初深く考えることもなく、みずからを「はじまり一座」と名づけていました。しかし、物語のなかの予兆のごとき地震が、現実の地震と重なり合い、響き合ったとき、一座の「はじまり」という言葉も、歌い語りの会も、おのずとなんらかの意味を呼び出すものとなりましょう。

　だから、あらためて、ひそかにこんな覚悟を決めたのです。

　歌って、祈って、おまつりをして、世界はもう一度生まれ変わる、そんな場を私たち自身がそこに集まった人々とともに開いてみよう。知らず知らず救われて、知らず知らず滅びるような、予感も予兆も生き抜く力も失くしたかのような鈍い哀しみを振り捨てて、黒猫のように、千年狐のように、みずから歌声をあげて、ささやかだけど大切な「はじまり」の場を開こう。

あの晩、私は、一夜のまつりのしめくくりに、「今日は出初式だ、出発式だ、いまここを出発点に、私たちは熊本に向けて旅に出るのだ」と、歌い語りの会に集った人々の前で宣言しました。ええ、口に出してしまったなら、それこそもう取り返しはつきません。なので、動き出した心で、はじまり一座一同、*デロレンデロレンデンデロレンとやってみた。かつて旅に生きた遊芸の民がこの世の辻や家々の門で演じたという、大法螺吹きの「大語り」という祝福芸を、はじまりの言祝ぎとして、デロレンデロレンとね。音頭取りは、もちろん、

***末森樹**　一九八四年、東京生まれ。ギタリスト。映画音楽、山福朱実との「樹の実」などでも活躍。

***八太夫師匠**　渡部八太夫は、一九五九年、東京生まれ。人形浄瑠璃「猿八座」の専属太夫。古説経、古浄瑠璃の復曲のほか、石牟礼道子や宮沢賢治などの作品を祭文として語ることに取り組む。

***デロレンデロレンデンデロレン**　ほら貝を口にあて、錫杖を鳴らしながら説経祭文を語る芸能を「デロレン祭文」、または「貝祭文」という。「デロレン……」のフレーズは、説経祭文にルーツを持つ江州音頭に今でも出てくる。

本職の祭文語りの八太夫師匠です。

デロレンデロレンデンデロレン
きのう夢見た　大きな夢を
千石舟をば下駄に履き
このまた帆柱杖につき
駿河の富士山　ひとまたぎ
あんまり疲れたそのときに
比叡山にと腰をかけ
あんまり喉が渇いたで
琵琶湖のお水を一飲みに
なにかのんどにつかえたゆえ
えへんと咳をしたときに
瀬田の唐橋が　飛んで出た

デロレンデロレンデンデロレン
きのう夢見た　大きな夢を
宇宙ステーションをば　下駄に履き

地球のまわりを散歩して
あんまり疲れたそのときに
月にと腰かけ、青い地球を眺めたら
巨大ナマズがぴょんと跳ね
そいつのひげをひっつかみ
銀河の果てになげたなら
アンドロメダのお隣で
すまして魚座になりました

デロレンデロレンデンデロレン
なまず退散、家内安全、商売繁盛、先客万来、学業成就、安産子宝、無病息災、交通安全、鬼は外に、福は内、大願成就、前途洋洋、熊本復興、熊本復興！

あんまりばかばかしいものだから、その場は笑いどよめいて、明るい力が渦巻いて、そうだ、揺れつづける熊本に、この湧きかえるような〈はじまり〉の力をたずさえていこうと、そのとき私は実にきっぱりとした気持ちになったのでした。同時に、それは、単に熊本復興ということを超えて、私たちの生きるこの世界の新たな〈はじまり〉へと向かう旅でもあるのだとも感じていたのでした。

千年狐のように、みずから歌声をあげて

そういうわけで、今日、五月三十一日は、一週間後に迫った旅立ちの日に備え、朝から一日、旅芸人の演目の歌や語りをおさらいしたり、旅の道筋を確かめたり……、そうそう、これからの道中、なにより大切なのは、じっと耳を澄ますこと、感じること、この世のひそかで「かそかな美しい音」を道標に歩いてゆくこと。

確かに私たちはもう今は腰まで泥まみれかもしれない、首まで泥まみれかもしれない、この世はすっかり濁ってしまっているかもしれない、あっ、今宵の冷たい雨も気がつけばどうやらやんでいるようです、今もYouTubeのなかのやたらに派手でひどく真剣な五郎さんの歌声を繰り返し聴いています、きっと、それでもまだ取り返しはつく、笑え、歌え、語れ、踊れ、そしてじっと耳を澄まして、旅をゆけ。そう力強く自分に言い聞かせるひとりの夜。

耳を澄ませていれば、闇のなかで花の蕾がポッと開く音だって聞こえるだろう、闇を照らす光のまたたきの音だって聞こえるだろう、はじまりをめざして歩き、はじまりをもたらす旅人たちのひそかな足音だって聞こえるだろう、五郎さんもそんな旅人のひとりなんだろう、と、ひとり呟く夜。

昼間の高揚とは異なる、夜の静寂のなかで、ふっと巡礼のように歩いてゆく自分の姿を、闇の向こう側に見たような気もしました。ちりん、ちりんと鈴を鳴らして、ご詠歌を歌って、生けるもの死せるもの見えるもの見えないもの聞こえるもの聞こえないもの、すべての命に思いを寄せて、手を合わせる夜。

ああ、そうだ、思い立って本当にご詠歌を作ってみました。五年前、3・11の直後に石牟礼道子さんが「花を奉る」と題して、この世の命たちに長くて深い祈りの言葉を捧げた、その声と心を私の裡にたゆたわせて、うまれいずる、巡礼する私の歌。

花や何
涙のしずくに洗われて咲きいずる
花や何
声に出せぬ胸底の思い　いのちの灯り
花や何
この世の縁と無縁の際に咲く
花や何
滅びの世にひらく一輪のいのち

寄る辺なき今日の魂に常世の花を奉らん

歌の旅人五郎さん、この手紙がお手元に届くころには、五郎さんはこの世のどのへんを漂っているのでしょうか。どんな歌をうたっているのでしょうか。
お便り、楽しみに待っています。

一輪の花とともに
二〇一六年五月三十一日

姜信子拝

第2信　中川五郎から姜信子さんへ

バラッドのポジティブな力

姜信子さま

五月三十一日に書かれたお便りをいただいてから、三か月以上が過ぎてしまいました。お返事がとんでもなく遅くなってしまってごめんなさい。いろんなことが重なってと、まずはいいわけをしたくなってしまうのですが、それはやめておくことにします。いいわけを始めればきりがないし、それよりは二度とこんなに返信が遅れることがないよう、時間につい押し流されてしまう自分のやり方を戒め、いちばん大切なことを決して先延ばしにしないよう心します。そういえばうんと昔に「イイワケナンテキキタクナイ」という歌を作ったのですが、そこでぼくは「いいわけ一回、ほらまたチャンスが消えていく」と、歌っていました。

五月二十一日に東中野のポレポレ坐で行われた、姜さん、版画家で歌手の山福朱実さん、クラシカル・ギタリストの末森樹さん、そして祭文語りで三味線弾きの八太夫師匠の「はじまり一座」の旗揚げ公演の「『水はみどろの宮』歌い語りの会」には、ぼくも同じその日に東京の清瀬で開かれた「清瀬フォーク・ジャンボリー」に出演しなければならなかったので、見に行くことができませんでした。何で同じ日に、と悔しい思いを噛みしめつつ、ぼくは少し離れた清瀬で歌っていました。そして六月七日から一週間、京都、広島、北九州、熊本を回られた「はじまり一座」の旅公演も、予定をうまく合わせることができず、どこの街にも駆けつけることができませんでした。とても残念でなりません。

石牟礼道子さんの作品『水はみどろの宮』をもとにした「はじまり一座」の歌い語りの会

バラッドのポジティブな力

をどこかで見ることができていたら、ぼくはきっとすぐにお返事を書いていたことでしょう。というか、姜さんのお手紙のいちばんの話題のその公演を見逃していったいどんなお返事をすればいいのやらという気持ちになってしまい、それで何も書けなくなってしまったというか、いつになってもお返事が書けない状態に陥ってしまったようなのですが、あっ、気がつくといいわけをしてしまっていますね。だめですね。ごめんなさい。いいわけはやめます。

それにしても石牟礼道子さんの『水はみどろの宮』が歌と祭文語りとギターと三味線とで語られる「はじまり一座」の旗揚げ公演、いったいどんなステージなのかとてもとても興味があります。姜さんは台本を担当されただけでなく、もちろん語ったり、歌ったりされているんですね？　もしかして踊りも踊られているんですか？　あれこれと想像するだけでわくわくどきどきして、興奮してきます。山福朱実さんの素敵な歌はこれまでに何度も聞いたことがあるし、ぼくは末森樹さんの見事なクラシック・ギターの大ファンです。でも姜さんの歌や踊りはぼくにとっては未知で魅惑の世界です。いったいどんなパフォーマーになられているのでしょうか？　ああ、わくわくどきどき。

それに八太夫師匠の祭文語りも、ぼくにとってはやはり未知の世界で、いったいどんなものなのかまるで見当がつかず、早く生で見たくて、聞きたくてたまりません。辞書によると、祭文とは祭りの際に神に捧げる祝詞のことと説明されていて、中世以降、山伏修験者によって芸能化され、近世には*門付け芸に移っていったとあります。そして歌祭文《うたざいもん》と説経祭文とに分かれ、歌祭文は「近世俗曲の一。死刑・情死などの事件やその時々の風俗をつづった文句を、門付け芸人が三味線などの伴奏で歌って歩いた。山伏が錫杖を振り鳴らし、ほら貝を吹いて、神仏の霊験を唱え歩いた祭文の芸能化したもの。上方に始まる」、説経祭文は「説経節が山伏の祭文と結びついたもの。江戸初期に成立、後期には寄席にも進出した」と書かれています（いずれも『大辞泉』より）。八太夫師匠の三味線での祭文語りとはいったいどんなものなのでしょうか？　「はじまり一座」の次の公演日程はもう決まっていますか？　演し物は次もまた『水はみどろの宮』でしょうか？　次回は何があっても絶対に見逃さないよう

＊門付け芸　かどづけげい。ここでは人家の門前で芸を披露して報酬を得る芸能を指す。

＊ウディ・ガスリー　一九一二〜一九六七年。アメリカ・オクラホマ生まれ。フォークシンガー。アメリカの国民詩人とも呼ばれ、国内はもちろん海外の表現者たちにも大きな影響を与えた。放浪のアクティビストとして、反戦、反体制、反資本主義を歌い活動した。そのギターには「This Machine Kills Fascists（この機械はファシストを殺す）」と書かれていた。「This land is your land」（邦題「わが祖国」）は、誰しも一度は耳にしたことがあるはず。

に、万難を排して駆けつけるようにします。

祭文語りに関してはまったくの門外漢のぼくですが、「死刑・情死などの事件やその時々の風俗をつづった文句を、門付け芸人が三味線などの伴奏で歌って歩いた」という、歌祭文の辞書での説明の言葉を読んではっとさせられました。それって自分のやっていることと一緒ではないのかと。

ぼくは今からもう五十年以上も前、一九六〇年代半ば、まだ中学生だった時にアメリカのフォーク・ソングを知って、こんな音楽をやりたいと、まずはそのまねごとから始めました。ギターを手にして、最初はアメリカのよく知られているフォーク・ソングをそのまま英語でコピーして歌い、やがてそれらを日本語の歌詞にして歌ったり、いろいろなフォーク・ソングをお手本にして自分で歌を作るようにもなりました。その頃にはもう高校生になっていたかもしれません。

正確に言えば、ぼくが影響を受けたのはアメリカのフォーク・ソング、古い民謡そのものではなく、アメリカの民衆の中に伝わる民謡や伝統的な歌を時代に合わせて新たに解釈し直したり、作り替えたりしたモダン・フォーク・ソングと呼ばれるものでした。その中心的な担い手が一九二〇年代の終わり頃から歌い始めた*ウディ・ガスリーであったり、その歌い手仲間の*ピート・シーガーで、彼らは単に古い民衆の歌を歌い継ぐという以上に、そこに時代の息吹を吹き込んだり、新たなメッセージを重ねたりして、フォーク・ソングをとてもコンテンポラリーで社会的なものへと変えて行きました。そしてそのモダン・フォーク・ソングは一九五〇年代の後半あたりから一九六〇年代にかけてアメリカでリバイバルし、その象徴的存在となったのが、ガスリーズ・チルドレンの一人と呼ばれた*ボブ・ディランでし

＊ピート・シーガー　一九一九〜二〇一四年。アメリカ・ニューヨーク生まれ。フォークシンガー。代表曲に「花はどこへ行った」「ターン・ターン・ターン」など。ゴスペルの「ウィー・シャル・オーバーカム（邦題「勝利を我らに」）」を六〇年代の公民権運動を象徴する歌にした立役者でもある。

＊ボブ・ディラン　一九四一年、アメリカ・ミネソタ生まれ。「風に吹かれて」「時代は変わる」「ミスター・タンブリン・マン」「ライク・ア・ローリング・ストーン」「見張塔からずっと」「天国への扉」など。二〇一六年、ミュージシャンとして初めてノーベル文学賞を受賞。中川五郎は二〇〇五年に『ボブ・ディラン全詩集1962―2001』を新訳で刊行した。

＊バラッド　中世以降の物語的な民謡の一種。口誦伝承され、その内容は歴史物語、伝説、恋物語など多様。イギリスで歌曲として様式化され、英語圏に広まった。

バラッドのポジティブな力

た。

ウディ・ガスリーやピート・シーガー、そしてボブ・ディランなど多くのフォーク・シンガーが得意とする歌の一つに*バラッド、物語歌と呼ばれるものがあり、それはまさに「事件やその時々の風俗をつづった文句を、フォーク・シンガーがギターやバンジョーなどの伴奏で歌って」いるものでした。

アメリカのフォーク・ソングを、ウディ・ガスリー、ピート・シーガー、そしてボブ・ディランを熱心に聞き始めた一九六〇年代中頃、ぼくは彼らの歌うバラッドにもよく耳を傾けていましたが、それから半世紀以上が過ぎた今、ぼくの中ではこれまでになくバラッド、物語歌への関心が高まっています。バラッドに刺激を受け、似たようなかたちでうんと昔に歌を作ったこともあり、今にして思えば一九六七年に作った*「受験生のブルース」という歌も、一九六八年に作った*「主婦のブルース」という歌も、広義に解釈すればブルースではなくバラッドに近いような気がします。でも今ぼくは狭義のバラッド、まさに物語を伝える、物語歌としてのバラッドを作ることにとても意欲的になっていて、バラッドが宿している可能性にも心をときめかしています。例えば過去の物語を語ることから、現在が炙り出され、未来までもが垣間見える、そんなポジティブな力をぼくはバラッドに見てしまうのです。

ぼくがバラッドの力を意識して、最初に作った曲は*「一九二三年福田村の虐殺」です。

＊「受験生のブルース」　ボブ・ディランの「ノース・カントリー・ブルース」のメロディーに、鬱々とした受験生の心情を十二番からなる歌詞にのせたもの。これを高石ともやが明るい曲調に作り替えて「受験生ブルース」（作詞・中川五郎／作曲・高石ともや）として一九六八年にシングルをリリース、大ヒットした。

＊「主婦のブルース」　原曲はアイルランド民謡。五十歳をちょっとすぎた主婦が「本当にこれでよかったのか」と半生を振り返る物語歌。

＊「一九二三年福田村の虐殺」　この歌はCDディスクの形で『言葉の胎児たちに向けて』に添えられ、後にライブアルバム『どうぞ裸になってください』に収録された。

＊寮美千子　一九五五年、東京生まれ。作家。童話、小説、ノンフィクションなど幅広く活躍。おもな著書に『ねっけつビスケット　チビスケくん』『楽園の鳥　カルカッタ幻想曲』、編書に『空が青いから白をえらんだのです　奈良少年刑務所詩集』など。

この歌は後に『言葉の胎児たちに向けて――同調から共感へ』と題されて出版社のアドリブから発売される座談会の本を作るために、二〇一四年一月二十九日に姜信子さん、＊寮美千

バラッドのポジティブな力

子さん、末森英機さん、そしてぼくの四人が相模大野で「共感」を出発点にして話し合った時、そこで二十三分近くかかるこの曲を全曲を歌わせてもらい、姜さんにも聞いていただいたものです。

二〇〇三年に晶文社から出版された森達也さんの『世界はもっと豊かだし、人はもっと優しい』の中に収められていた「ただこの事実を直視しよう」というエッセイを読んで、ぼくは関東大震災直後の一九二三年九月六日に千葉県の旧東葛飾郡福田村で起こった事件のことを知り、それからインターネットに出ている福田村事件に関するさまざまな記事を読んだりして、二十三番の歌詞から成るバラッドの「一九二三年福田村の虐殺」を作りました。

それから二〇一四年の春には、「ころから」から出版されたばかりの加藤直樹さんの『九月、東京の路上で　一九二三年関東大震災ジェノサイドの残響』を読んで、その中に収められている「椎の木は誰のために」という文章をもとに、*「トーキング烏山神社の椎の木ブルース」という二十二番の歌詞から成るバラッドを作って歌い始めました。タイトルに使ったトーキング・ブルースというのはアメリカのフォーク・ソングによくある歌の一形式で、ブルースのコード進行に合わせて語るように物語を歌っていくものです。これもウディ・ガスリーやピート・シーガー、ボブ・ディランなどが得意としたものでした。トーキング・ブルースもぼくの中ではバラッドの範疇に入るものとして捉えられています。

そして二〇一五年の夏には、一九二〇年代後半に朝鮮の詩や民謡や民話を美しい日本語にして紹介し、朝鮮文化に疎かった当時の日本の文壇に大きな影響を与えた、韓国を代表する詩人で随筆家の*金素雲さんが、一九五四年九月に『文藝春秋』に書かれた「恩讐三十年」という連作随筆の中の「真新しい名刺」の文章のほとんどを十九番から成る歌詞にして、それをウディ・ガスリーの有名な曲「トム・ジョード」のメロディに合わせて*「真新しい名刺」という三曲目のバラッドを作って歌い始めました。

三曲のバラッドいずれもが、一九二三年、大正十二年、関東大震災の直後にこの日本で起こったできごとを歌にしていて、「関東大震災と朝鮮人差別、朝鮮人虐殺に関するバラッド

＊「トーキング烏山神社の椎の木ブルース」　CDシングルとしてC.R.A.C.Recordingsよりリリース。

＊金素雲　一九〇七〜一九八一年。韓国釜山出身。一九二〇年、日本内地へ渡り、帝国通信（共同通信の前身）記者を務める。北原白秋や岩波茂雄の後援で、『朝鮮民謡集』『朝鮮童謡選』『朝鮮詩集』などを刊行、朝鮮文化の紹介に努めた。

＊「真新しい名刺」　ライブアルバム『どうぞ裸になってください』に収録。

バラッドのポジティブな力

三部作」のようになっています。もちろんぼくとしては今から九十三年前のできごとを歴史的に淡々と歌いたいというつもりは毛頭なく、過去のできごとを歌っても、バラッドの力が二〇一〇年代半ばの現在を、今の日本の姿を鮮やかに照射し、浮かび上がらせることができるのではないかと思えるからこそ歌っているのです。

ここ数年この国ではとんでもないヘイト・スピーチが飛び交うようになり、一つの民族や国をひとくくりにして、「良くても悪くてもみんな殺せ」とか「みんな出て行け」といった下劣で醜い言葉が街中でぶつけられたりしています。かつての軍国主義の日本を思い起こさせるために、軍服を身につけたり、旭日旗を振り回している人たちも湧いて出てきています。もちろんそれらを封じ込め、粉砕するカウンターの勇気ある動きもあるし、不十分とはいえヘイト・スピーチを規制する法律も作られました。それでもぼくは二〇一六年のこの日本で、一つの民族に対する差別や憎悪など、決して許されないこと、あってはならないこと、とっくに克服していなければならない大きな誤謬が堂々と罷り通っていて、蒙昧なことこの上ないそちら側につかないのはもちろんだとしても、「それがどうした」「そんなこと大したことではないか」とまるで気にしていない人たちがとんでもなくたくさんいるという事実に向き合わざるを得ません。

そしてそんな時、自分が歌でできることの一つとして、過去を直視することで、現在を浮かび上がらせられるのではないか、過去のできごとを語ることから未来への答えが見つけ出せるのではないかと、バラッドの力や可能性に挑戦してみる気持ちになったのです。

バラッド、物語歌は、客観的に物語を語ることに徹し、そこに語り手の主観を紛れ込ませるのは、反則というか、本来のやり方ではないのかもしれません。でもぼくは自分のバラッドでは、過去の物語を長く語った後、最後に必ず自分の思いを伝えるようにしています。それがぼくのバラッドです。百年近く前にこの国で起こったあまりにも悲惨で、残酷で、愚かなできごとを語りながらも、そこからぼくが今現在に、そして未来に向かって訴えたいのは、「それでも人間って素晴らしいじゃないか」、「やっぱり人間を信じよう」ということなのだと思います。

「一九二三年福田村の虐殺」では、一九二三年九月六日に千葉県の旧福田村で四国香川の被差別部落の行商人九人が暴動を起こしているというデマが流されていた朝鮮人と間違えられて、地元の自警団員たちに虐殺されたできごとを二十一番にわたって歌った後、最後にぼくはこの二番の歌詞を付け加えました。

見知らぬ人には親切に　苦境の人には助けの手を
それがよその土地の人であれ　よその国の人であれ
たとえ自分たちと違っていても　言葉が違っていても
信じることから始めよう　それが人の心というもの

バラッドのポジティブな力

昔も今も日本人は　よそ者を嫌い
身内だけで固まる　狭い心の持ち主なのか
デマや流言飛語に弱いのは　臆病者の証拠
信じることから始めよう　人はみんな同じ
朝鮮人だとか部落だとか　小さな日本人よ
朝鮮人だとか部落だとか　小さな人間よ

「トーキング烏山神社の椎の木ブルース」では、一九二三年九月二日、今の東京都世田谷区千歳烏山の甲州街道の石橋の上で、地元の自警団員たちが朝鮮人の土工たちに襲いかかり、一人が亡くなり、十四人がひどい怪我を負い、事件後烏山神社の参道に椎の木が植樹されましたが、それは犠牲者を弔ったり被害者に謝ったりするものではなく、加害者の自警団員たちが晴れて村に戻れたことを祝って植えられたものだったというできごとを十九番にわたって歌い、最後にぼくはこう付け加えています。

今から九十年前に村人たちに植樹された十二本の椎の木のうちの今も残っている四本
九十年後のこの国で行われていることを見て　残った椎の木はいったい何を思うのか
犠牲者を弔い被害者に謝るためではなく　加害者をねぎらうために植えられた椎の木
同じことがまた繰り返されるこの国を見つめている

ぼくは思った　変わらないこの国を　変わらないこの国の人たちをまるで祝福している
かのような
この大きな木をぶった切ってやりたいと

そして一九二三年九月、関東大震災で下宿を焼け出されて、大阪に避難したまだ十代半ばの金素雲さんが、朝鮮服を身につけて満員の大阪の市電に乗ったところ、車掌に二本の指先で服の袖を摘まれ、口論となって運転士や車掌など数十人がたむろする詰所に詰め込まれ、今にもリンチされそうになった自らの体験を綴った「真新しい名刺」を歌にしたバラッドの中で、ぼくがいちばん伝えたかったのは、たった一人で金素雲さんを助け出そうとしたクリスチャンで日曜世界社長の西阪保治さんが制服の連中にかけた言葉です。

「――事の起りをわしはこの目で見ている。ゴミや虫ケラじゃあるまいし、金を払って乗ってる客を二本の指先でつまんだら、誰だって腹を立てるのは当り前じゃないか。悪かったら悪かったとなぜ素直に謝れんのだ。きみたちは一体、どれほど立派な人間のつもりだ。海山越えて遠い他国へ来た人たちを、いたわり助けは出来ないまでも、多勢をたのんで力ずくで片《かた》をつけようという、それじゃまるで追剝ぎか山賊じゃないか。そんな了見で、そんな根性で、きみたちは日本人でございと威張っているのか……」
「これから先、またどんな厭な思いをするかも知れないが、それが日本人の全部じゃないんだからね。腹の立つときはこの私を想い出してくれたまえ……」

（金素雲『真新しい名刺』、『恩讐三十年』より）

まずは未だ見ることが叶わない「はじまり一座」の公演を早く見ることがぼくのいちばんの願いですが、いつかそのうち、姜信子さんの歌や語りや踊り（!!）、山福朱実さんの歌に末森樹さんのクラシック・ギター、そして八太夫師匠の三味線での祭文語りの一座のステージの末席に、ぼくも自分のバラッドで加わらせてもらい、一緒に歌って、祈って、おまつりをして、もう一度世界を生まれ変わらせる、そんな場に立ち会えたら……。とんでもなく遅くなってしまった返信のお便りを書きながら、ぼくの夢はどんどん大きくふくらんで来ています。

二〇一六年九月八日

中川五郎

第3信　姜信子 から 中川五郎 さんへ

もっとも無力で、もっとも孤独な地にこそ、この世を救う祈りはある

五郎さん、こんにちは。私は歌い踊りはしないんですよ、今はまだ。ふっふっふっ。今度、この往復書簡の仕掛け人の末森英機さん（またの名を狂犬ヒデキ）と「犬のまつり」というのをやることになっているんですけど、そのときには私も妄犬となって狂犬と一緒に歌うかもしれません。ええ、猛犬ではなく、妄犬です、妄りに想う犬ですよ。

さてさて、こないだお便りを差しあげたと思ったら、なんだかあっという間の三か月半。私もこの間、あちらこちらひどく動き回っていて（実は子どものころから落ち着きがないと言われています）、動くほどにいろいろなことがあって、五郎さんへの言葉を温めるには、少なくとも、これくらいの時間が私にも必要でした。おそらく第一信には旅立ちに高揚する気持ちが溢れていたとすれば、この第二信は旅の後の内省の言葉が多くなることでしょう。

思うに、言葉はじっと見守ってあげなくては、ですね。われらの身の内から生まれでた言葉が、ときには心ない声が渦を巻く険しいこの世をたったひとり旅をして、強く優しく豊かに生き抜いてゆくには、大切に大切に育んでそっと送り出してやらねば、ですね。

五郎さんからのお便りを受け取った九月八日、私は熊本にいました。六月以来、二度目の熊本です。そして、二日後の九月十日に、熊本で初めて『水はみどろの宮』歌い語りをすることとなっていました。実を言えば、これは私にとって、まことに恐ろしいことでした。それは、五月にポレポレ坐で山福朱実さん、末森樹君、祭文語り八太夫師匠と四人で、「はじまり一座」として歌い語りをしているときにも胸底にひそかに秘めていた思いでもありました。

なにが空恐ろしいのかと言えば、このことは前便でも書いたように思いますが、まずは、石牟礼さんが二十年あまり前に、二〇一六年四月の熊本地震を幻視していたかのような光景を『水〔はみどろの宮〕』のなかにありありと語っているということ。私が石牟礼さんの『水』原作から書き起こした歌い語りの台本もまた、地震とそこからの再生を中心に据えている。でも、これは熊本で実際に地震が起きる直前の三月に書いた台本で、本当に地震が起きてしまったとき、「はじまり一座」の面々は心底凍りついた。このとき既に九月十日に熊本で『水』を歌い語ることもほぼ決まっていたのですが、ちょっと無理、絶対無理、と私は瞬間的に決定的にそう感じていました。熊本以外の土地ならば、熊本への祈りを込めて上演できる、むしろどんどん上演したい、でも熊本では無理、それはあまりに恐ろしいことだと。

この感覚は私自身の東日本大震災の経験から生まれくるものでした。

東日本大震災のあの瞬間、私は戦前からのコリアン集住地である東京の三河島の路上にいました。だんだんと激しく大きく揺さぶられていく数分の間に、私は、関東大震災直後に東京の下町の路上で繰り広げられたであろう朝鮮人虐殺の光景をありありと想い起こしていました。それはもう反射的に。さらには、朝鮮人に向けたヘイトの声に取り囲まれて呆然と立ち尽くすもうひとりの私の姿を、一瞬のうちにリアルに目の前の路上に見たようにも思ったのでした。その光景は五郎さんが歌い語るバラッド「トーキング烏山神社の椎の木ブルース」、そして「一九二三年福田村の虐殺」で歌い語るあの光景へと連なってゆくものです。ええ、このふたつのバラッドは、五郎さんの生の声で私はしかと聴いています（あとひとつ、五郎さんの「関東大震災と朝鮮人差別、朝鮮人虐殺に関するバラッド三部作」のうちの「真新しい名刺」、これもいつかきっと聴きたい！）。

二〇一一年三月十一日、東京の路上で凍りついた私の心は、やがて東北へ東北へと彷徨いだしていきます。関東大震災のとき、東京やその近郊の町や村の路上で殺されたのは、五郎さんも歌い語っているとおり、朝鮮人だけではない。いわゆる標準語を話さない人々、いわゆる標準の日本人とは思われぬ人々もまた、恐怖に駆られた〝標準的な人々〟に不審の目を向けられ、襲われています。福田村で虐殺されたのは四国・香川からの行商人の一行でしたね。あのとき東京では、沖縄出身の人びとも言葉がおかしいと命の危険にさらされた。その後、沖縄では、「関東大震災のときの朝鮮人のように殺されぬよう、標準語を勉強しましょう」と、文字どおり命がけの*標準語教育が学校で繰り広げられるようになります。

そして東北。東北の訛りもまた、震災時には命にかかわるものでした。さらにさかのぼれば、*一八九六年に東北を襲った地震と津波のおりに、東北に救援に入った赤十字社の者のコメントを東京のある新聞が伝えることには、言葉の通じないこと、人々の貧しいさま不潔なさまは、まるで朝鮮のようだと。その当時、日本の中央に身や心を置く人々の目には、東北と朝鮮はひとつらなりに見えていたのです。

その東北から、東日本大震災の直後からじわじわと、こんな声が漏れでてきた。

「東北はずっと日本の植民地だったんだなぁ」

＊標準語教育　全国共通の日本語を定め、方言による言語不通の状況を改善しようという動きは、明治期中頃より始まったと言われている。一九〇三年刊行の初めての国定教科書『尋常小学読本』では東京の言葉をもとにした言葉が使われ、これが「標準語」とされていったが、日清戦争頃より高まってきたナショナリズムの気運のなか、国家の統一と言語の統一が同一視されていく。さらに近代教育の浸透とともに学校で標準語が強制され方言が禁じられる傾向が加速した。標準語との差が大きい沖縄では、方言を使った児童に「方言札」という罰札を首から下げさせるなど懲罰を伴った厳しい標準語教育が行われた。

＊一八九六年に東北を襲った地震と津波　明治三陸地震・大津波。明治二十九年六月十五日、三陸沖約二百キロメートルを震源として発生。各地の震度は二から四程度であったが、海抜三十八・二メートルを記録する津波が発生し、死者約二万二千人に及ぶ甚大な被害を与えた。

＊白河以北一山百文　「白河の関（福島県白河市）から北は、一山に百文の価値しかない」という意味。戊辰戦争の際、勝ち誇った官軍が敗残の東北人を嘲って発した言葉といわれている。

明治維新以降、*白河以北一山百文と揶揄され、天災に苦しみ、飢えと闘い、安い労働力を中央に送りつづけ、女も兵隊も送りだし、米を送りだし、資源を送りだし、中央の動力源となり、中央には置けない危ないものを引き受け……。

朝鮮や台湾や満州は歴史上も地理上も実に分かりやすい日本の植民地でした。そのうえさらに、あからさまに植民地とは呼ばれないけれども、そう呼ばれないだけに、むしろずっと植民地支配からの解放がなされないままの場所がある、ずっと踏みつけられつづける人々がいる、それがたとえば沖縄であり東北なのだと、東日本大震災を契機に私はあらためて深く気づかされたのです。

「近代国家とはつまり、戦争と植民地経営をしなければ維持できない国家である。近代以降、この世界は戦争と植民地なしには成立しなかったし、今もなおそれは変わらない」。そう語ったのは私の信頼する近代史研究者ですが、なるほど、それもまた腑に落ちます。

敵なしには、誰かを排除することなしには、強い者が弱い者を踏みつけることなしには、排除される者や踏みつけられる者が言葉を奪われ沈黙のうちに押し込まれることなしには、成り立たない世界。それがいま私たちの生きている「近代」という世界なのだと、東日本大震災を境に、私はつくづくと思い知ったようなのです。

かつて、太古より、人間は、賤しい姿形をした*異人《まれびと》を神として畏れ敬い迎えいれる心を持っていた。これは洋の東西を問わぬ神話的な心です。それが近代以降、見知らぬ旅人を疑い恐れ敵として打ち殺す心へとすりかえられていく。それと同時に、私たちは、異人たちが運んでいたさまざまなささやかな物語を、あるいは異人たち自身の旅の物語を失い、異人たちは沈黙のなかへと封じ込められていく。

封じ込められた異人たちの生きるほうへ。封じ込められた声のほうへ、物語のほうへ。それが私の3・11以降の確かな旅の進路となりました。この流れは、五郎さんのバラッドへと向かう心の動きと重なり合い、響き合うもののように私は感じています。

気づいてしまったならば、そこに沈黙があると、空白があると、声をあげねばならない、語らねばならない、歌わねばならない、沈黙を語り継ぐために旅に出なければならない。ね、五郎さん、そうじゃないですか？

沈黙する東北へ。東日本大震災の三か月後、ようやく、それまで一度も訪れたことのなか

＊異人　「まれびと」は民俗学者・折口信夫が見出した概念。「稀に来る人」を語源とする説もある。どこからか外の世界からやって来た旅人を異界からの客人としてもてなす古来からの風習は、あの世から霊が来訪し人々を守るという「まれびと信仰」によるものであるとされた。旅人だけでなく、旅芸人たちや物乞いたちも、外部からやって来る異人たちを神事に携わる者として尊んだことが、折口の『国文学の発生』等で指摘された。折口信夫については、第9信でも触れられている。

った白河以北の地、東北へと私は足を踏み入れました。それから何度も通いました。市街地のすべてが津波で押し流された陸前高田で、泥と潮にまみれた人びとの大切なものをきれいに水で洗い流すボランティアを黙々としました。やがて親しく話すようになった陸前高田の人びとが、「あの日、私たちは言葉を失くしました。歌も失くしました」とそっと語っては、もうよそゆきの言葉を投げ捨てて、じっと口をつぐむ姿を目の当たりにするようになりました。震災後あんなに被災地には応援の歌が押し寄せ、さまざまな物語がメディアをとおして発信されていたのに、「あれは違う、違う、違う、あれは私たちの歌ではない、私たちの物語ではない」というひそかな声を耳にするようになりました。「お願いだから、入れかわり立ちかわりここにやってきてはあの日のことを尋ねないで、あの日のことを思い出させないで」。そんな痛切な声も聴くようになりました。ここに沈黙がある、語られない、歌われることもない空白がある、安易に触れてはならない痛みがあるのだと、私はただひたすらにぎざぎざと心に刻みつけました。

そして、熊本地震です。『水はみどろの宮』歌い語りです。いったい、どうして、この地震と再生の物語を熊本で演じることができましょうか？　ましてや、熊本は私が二〇〇八年まで二十年近く暮らした地です。町の風景もそこに生きる人々のひとりひとりの顔もありありと思い浮かぶ。阿蘇が火を噴き、熊本の大地が揺さぶられるこの物語を熊本で語ることの意味を考え抜くことなしには、到底演じることなどできません。

五月二十一日、東中野のポレポレ坐にて、はじまり一座による『水』歌い語り初演の後、私と祭文語り八太夫のふたりだけが、六月七日、東京から熊本に向けて車で出発しました。七日京都、十日広島、十二日北九州・門司港と、『水』を歌い語りつつ巡礼のように旅をして、そうそう、門司港の『水』には北九州出身の山福朱実さんとギター弾き末森樹君も合流しました。そうしてようやく六月十三日に熊本にたどりついた。

熊本では、石牟礼道子さんや次世代の表現者たちが拠点としている*橙書店に身を寄せて、旅の報告と旅のみちみち人々から寄せられた復興支援のカンパを届けました。それから、橙書店に集まってくれた友人知人たちとゆるりと輪になってお茶をしつつ、ぽろりぽろりと震災後の日々の話を聞いた。この日は、もう最初から『水』を歌い語るつもりはありませんでした。ただ、おずおずと一曲だけ、『水』と同じ世界の言葉で書かれた私たちの旅のテーマ

＊橙書店　熊本市内の書店。カフェとギャラリーを併設。二〇〇八年開店以来、店主自身が選ぶ本の並ぶ特別な書店として注目を集める。朗読会や講演会も開き、二〇一六年には地元の思想史家・渡辺京二、詩人・伊藤比呂美らとともに、熊本にゆかりのある書き手たちが集う雑誌『アルテリ』を創刊。石牟礼道子、姜信子も寄稿した。同年、熊本地震被災をきっかけに市内で移転。店主の田尻久子は著書『猫はしっぽでしゃべる』『みぎわに立って』『橙書店にて』をもつ。

もっとも無力で、もっとも孤独な地にこそ、この世を救う祈りはある

ソングを歌った。東京を発つ前に私と祭文語り八太夫のふたりで作ったあの歌。御詠歌「花を奉る」です。熊本までの旅の途中、京都、広島、門司港でそうやって歌ってきたように、熊本でもチリンチリンと巡礼の鈴を鳴らして歌いました（鈴を鳴らすのは私、三味線を弾いて歌うのは八太夫です）。

長詩「花を奉る」に、石牟礼道子さんが、３・11によってますますあらわになった近代世界という名の滅びの世とそこに生きるものたちへの祈りを込めたように、私もまたご詠歌「花を奉る」に、命が揺さぶられつづけている熊本への祈りを込めました。

そう、祈ったんです。祈るほかにはなにもできない。集まったみんなと一緒にただ祈った。そのとき、熊本での『水』の歌い語りをためらう私の心を聞いた熊本の友人知人たちが、こう言った。「やってよ、ここで歌い語ってよ、『水はみどろの宮』を！」

こうして九月十日の『水』歌い語り@熊本・橙書店が決行（！）されることになりました。しかし、それでも私は、陸前高田の人びとのあの痛みつづける心を想い起こしては、『水』のなかのあの地震の光景を熊本で歌い語ることへの怖れを完全に拭えずにいたのです。

迫りつつある九月十日に向けて、迷いつつ想いをめぐらす。ああ、想い起こせば、六月の東京から熊本に到るまでの『水』歌い語りの旅では、京都、広島、門司港の各地で、さまざまな人々が『水』の舞台で祈ったのだった……。

それは最初はまるで思いつきのようでした。でも、そうでなければならないという確信があった。私は、『水』をたずさえて行く先々で、その土地の人びとに、とにかく『水』の舞台に参加してほしいとお願いしたのです。一緒に舞台を作ってほしいと。私は『水』それ自体を、祈りの場にしたがっているようでした。そのために、私はその土地土地で『水』の台本に手を加えました。ほとんどリハなし、ぶっつけ本番でした。会場に流れる空気に合わせて、その場で語る言葉を変えもしました。『水』は土地ごとに、関わる人ごとに、変容していきました。

そして、これもまた前便で書いたことですが、『水』の神話的世界では、地震に襲われ津波に襲われ水が濁り滞るばかりのこの世を浄めるために、千年狐ごんの守が、深い深い山の胎の底、この世をめぐる命の水の源で、六根清浄、六根清浄、はっしはっしと穢れと濁りをさらいつづけます、それはもう千年もつづいている。

物語のなかで熊本を襲った地震の後も、ごんの守は六根清浄、六根清浄……、そしてついに、「ええーい！　よか水の道の通ったぞ！」と、この世の誰にも声の届かぬ地の底で大音声をあげる。地震に襲われ滅びに瀕した生類たちの世界がよみがえる。

よみがえった世界では、千年狐が、片目の黒猫が、山の木々、山の精が、生きとし生けるすべてのものが、あらゆる命への祈りを捧げる祭りを繰り広げる。この祭りの場面、会場の壁いっぱいに山福朱実さんが描いた『水』の挿画が投影されます。その絵のなかへ、物語世界のなかへ、神話的時間のなかへと、広島でも門司港でもその土地の人びとが入ってきてくれたのです。ある者は絵のなかの黒猫とともに踊り、ある者は山の精となって歌い、ある者

もっとも無力で、もっとも孤独な地にこそ、この世を救う祈りはある

はごんの守の歌に合わせてバイオリンを奏で、ある者は鉦を打ち、そして皆がともに祈り、共に物語を生きる……。

ええ、そうなんです、そうだったんです、『水』の歌い語りの舞台にやってきたひとりひとりがまるで千年狐ごんの守であるかのように、この世を浄めて救う千年の祈りをひそかに遥かに捧げていた。ひとりひとりからこの世のすべての命への千年の祈りがおのずと生まれでた。

旅をする、物語を運ぶ、人々が集う物語の場を開く、声を行き交わす、歌う、踊る……、それは祈りの場を開くことであり、祈りをつないでいくことであり、旅する物語とは、すなわち旅する祈りなのだと、それゆえに旅する異人は古来神と言われたのだと、ふっとそんなことも思いました。

二〇一六年九月十日、熊本・橙書店。『水』を歌い語りました。「ええーい！　よか水の道の通ったぞ！」というごんの守の声とともに、その場に水がじゅんじゅんとめぐりはじめたようでした。その場にいた誰もが千年のまつりと祈りの主人公になったようでした。ひとりひとりの心の裡に、遥かな見知らぬ命たちへの祈りが宿ったようでもありました。誰かのために祈る、そんな場を、この世のどこよりも熊本こそが必要としているようでした。

熊本のなかでもいちばん甚大な被害を受けた益城町出身の知人の、『水』のあの再生と祈りの場をともにしたあの夜、震災以来はじめてぐっすりと眠れた」という言葉を聞いたとき、ようやく私は『水』を歌い語ることの意味を知ったようにも思いました。

長い手紙になってしまいました。第一信とは打ってかわって、ぐるぐると思いのめぐる手紙になってしまいました。でも、あと少しだけ、『水』をとおして気づいたことを話させてください。

話はふたたび陸前高田に飛びます。

二〇一一年六月、ボランティアで陸前高田に初めて訪れたときに聞いた忘れがたい話がひとつ。

地震と津波に襲われたその日の深夜、高台からなにもなくなった真っ暗闇の市街地を茫然と人びとが見つめていたのだそうです。すると、その眼差しの先に、不意に、ポッポッと光が現れた。光の数が増えていった。やがて光はまるで生きているかのように列を作って海のほうへと動いていった。それを人びとは静かに見送った……。

この話を聞いたとき、私はサン＝テグジュペリが『人間の土地』に書きつけたある叫びを思い出しました。それは、飛行機乗りだったサン＝テグジュペリが実際にサハラ砂漠に不時着したときの経験を描いた一文のなかに記されていること。広大な砂漠の真ん中で、サン＝テグジュペリはわずかに残った飛行機の燃料オイルを使って救援を求める狼煙をあげる、そしてこう叫ぶのです。

「なぜぼくらの焚火が、ぼくらの叫びを、世界の果てまで伝えてくれないのか？　我慢しろ

もっとも無力で、もっとも孤独な地にこそ、この世を救う祈りはある

……ぼくらが駆けつけてやる！……ぼくらのほうから駆けつけてやる！　ぼくらこそは救援隊だ！」

遭難者サン＝テグジュペリは、なんと、世界の救援者として声をあげている。このサン＝テグジュペリの叫びが、津波の夜の光たちの声のようにも私には響いてきました。陸前高田の、すべてが押し流された真っ暗闇のなかに灯った光こそが、この世界を救うために遥かな地でひそかに灯された光のように私には感じられたのです。

そう、もっとも遠くて、もっとも無力で、もっとも孤独な地にこそ、この世を救う祈りはある。

そしてさらに陸前高田の光に、熊本の『水』の祈りが結びついたとき、サン＝テグジュペリのあの叫びはさらに豊かにもっと痛切に胸に響きわたりました。

人は祈る、世界のために人知れず祈る、世界の生まれ変わりを祈る、千年前から、千年先まで、はじまりのために祈る、自分のためにではなく、自分以外の誰かのために、誰にも顧みられぬ遥かな場所で祈る、闇のなかで祈る、無数の人びとが祈る、無数の人びとのために祈る……。

被災地熊本で経験した『水』の祈りとは、そういう祈り、被災地熊本からこの世界に贈られた千年の祈りでした。

祈る者は、誰かの見知らぬ祈りによって救われている自分を知る者でもありましょう。そのような者たちの心にこそ「よか水の道」が通るのだと、彼らこそが救援隊なのだと、そう

だ、私たちこそが救援隊なのだ！　と、これもまた、『水』の教え。

五郎さん、祭文語りは祈りと物語をたずさえて旅する者です。この世に水をめぐらす者です。バラッドを語って旅する五郎さんは、確実にわれら祭文語りの一味です。そして、『水』は、祈る者たちすべてに開かれた場です。五郎さんの祈りも、いつか、きっと、われらとともに、『水』とともに。

姜信子

二〇一六年九月十日

歌い語ることは共に祈り、祈りを共有すること

第4信　中川五郎から姜信子さんへ

この前いただいたお手紙で、「はじまり一座」の『水はみどろの宮』の歌い語り公演を二〇一六年九月に熊本で行うことを前にして、「ちょっと無理、絶対無理、と瞬間的に決定的にそう感じていました」と、姜さんは書かれていました。『水はみどろの宮』は石牟礼道子さんが一九九七年に発表された、阿蘇が火を噴き、熊本の大地が揺さぶられる物語で、それをもとにして「はじまり一座」の歌い語り公演の台本を姜さんが二〇一六年三月に書き上げられたところ、その翌月の四月十四日から十六日に熊本県の益城町や西原村など阿蘇地方で最大震度七を観測する大地震が起こってしまったのです。甚大な被害が出た被災地の熊本で、熊本の大地が揺さぶられる物語を上演するなんて絶対無理と、姜さんが瞬間的に、決定的に感じられてしまったことはとてもよくわかります。ぼくはそのお手紙を読んで、二〇一一年三月の東日本大震災のあとに自分が襲われた複雑な思いのことをすぐに思い出しました。

『水はみどろの宮』を九月に熊本で上演するのは絶対に無理だと思った感覚は、東日本大震災の経験から生まれてくるものだったとも姜さんはお手紙で書かれていました。そして東日本大震災から三か月後、姜さんがボランティアで東北に初めて足を踏み入れられた時のことに触れられた次の文章が、ぼくの胸に強く突き刺さりました。

「震災後あんなに被災地には応援の歌が押し寄せ、さまざまな物語がメディアをとおして発信されていたのに、『あれは違う、違う、違う、あれは私たちの歌ではない、私たちの物語ではない』というひそかな声を耳にするようになりました。『お願いだから、入れかわり

歌い語ることは共に祈り、祈りを共有すること

立ちかわりここにやってきてはあの日のことを尋ねないで、あの日のことを思い出させないで』。そんな痛切な声も聴くようになりました。ここに沈黙がある、語られない、歌われることもない空白がある、安易に触れてはならない痛みがあるのだと、私はただひたすらにぎざぎざと心に刻みつけました。」

二〇一一年三月十一日の東日本大震災の直後、ぼくは十二日、十三日、十八日と東京のさまざまな場所で歌う予定が入っていました。でもそれらはすべて中止か延期となりました。大地震直後、恐ろしい被害の状況が次から次へと伝わってきて、地震と津波によって引き起こされた東京電力の福島第一原子力発電所の重大な事故も、真相はもちろんのこと、今後いったいどうなるのかまったくわからないという緊急事態のまっただ中、まずはぼく自身、気持ちは動揺しているし、不安の塊になっているし、ライブをやったり、歌を歌ったりする気にはまったくなれませんでした。

東日本大震災の直後、まわりではまったく正反対の二つの意見がぶつかり合っていました。一つは「こんな時にコンサートやライブをやるなんて不謹慎だ」「今は自粛すべき時だ」というもの、そしてもう一つは「こんな時だからこそ音楽が必要とされている」「今こそ歌うべき時だ」というものでした。大きなコンサートやイベントに対して、そうした二つの意見がぶつけられたのはもちろんですし、ぼくがいつもやっているような、ほんとうに少ない数の聴衆を前にしての小さいライブに対しても、「やめるべきだ」「やるべきだ」という両方の声が届けられていました。そして大震災後しばらくの間、今は音楽を楽しむ時ではない、自粛すべきだという意見の方が優勢だったようにぼくは記憶しています。

これはもちろん歌や音楽だけにかぎったことではないのですが、人はそれぞれ異なる思いを抱き、異なる考えで、創作活動や表現活動を行っています。それを受け止める人たちの思いや考えもさまざまです。つらく厳しい現実をいっとき忘れ、楽しい思いをするために歌があると考える人もいれば、逆につらく厳しい現実から目をそらさず、それに立ち向かって行くために歌があると考える人もいるでしょう。こんな時だからこそじっとしていられなくて、いつも以上にあちこちで自分の歌を歌いたいと考える人もいれば、今は自分の歌の出る幕ではないと考えてしまう人がいてもおかしくありません。

何かとんでもないことが起こっても、表現活動にただちに規制がかけられたり、ルールが決められたりして、みんながそれに従ったり、一斉に右に倣えしたりするのはとても恐ろしいことのようにぼくは思います。人はそれぞれなのだから、歌いたい人は歌えばいいし、歌いたくない人、歌えない人は歌わなくていい。音楽を楽しみたいと思う人は楽しめばいいし、音楽など楽しむ気にはなれないと思う人はしばらく遠ざかればいい。それぞれの人がそれぞれの立場で自分の答えを出し、自分の納得のいくかたち、自分がいいと思うやり方で動けばいいだけなのです。

歌い語ることは共に祈り、祈りを共有すること

東日本大震災から数週間すると、またいろんな場所でいつものようにライブやコンサートが行われるようになり始めました。ぼくも以前と同じように、週に二、三回のペースでライブをするようになりました。しかしその多くは被災地に義援金を送るチャリティ・ライブでした。ほんとうにほんとうに微力かもしれませんが、自分が歌うことが被災された人たちの助けになるのならと、そうしたチャリティ・ライブにぼくは積極的に駆けつけました。ぼくのまわりにはただちに被災地に駆けつけてボランティア活動をする人たちもいて、ぼくは彼や彼女たちに素直に敬意を払う一方、それができない自分自身にもどかしさや情けなさを感じていました。

自分が住んでいる場所でチャリティ・ライブをするだけでは不十分だと、被災地に駆けつけて、避難場所の学校の体育館などで演奏活動を行うミュージシャンたちがすぐにも出てきました。テレビなどに出て名前がよく知られている芸能人もいれば、ぼくと同じような場所で活動をしているミュージシャンもいて、彼や彼女たちの活動がマスコミを通じて伝えられたり、ツイッターやフェイスブックといったソーシャルネットワーク、それぞれのブログなどを通じて伝わってくるようになりました。みんな被災地の人たちに受け入れられ、とても喜ばれているようでした。

しかしそうした情報を前にして、ぼくは自分もそうしたいという積極的な気持ちにはなかなかなれませんでした。ぼくのような歌い手が、ぼくが歌っているような歌が必要とされるのだろうかという不安やためらいが少なからずあったのです。というのもいち早く被災地の

避難所に駆けつけた歌手たちは、テレビによく出ていて、老若男女誰もが知っている人たちで、歌われる歌はみんなのよく知っている歌、ご当地ソングの演歌や民謡や流行歌、童謡だったりしたし、いわゆる芸能人ではないミュージシャンが駆けつけたとしても、そこで歌われるのはみんなのよく知っているそんな歌が中心で、そこには被害にあったみんなを楽しませたり、元気づけたりしようという、はっきりとした大きな目的があるようにぼくには思えました。だから誰も知らないフォーク・ソングや理屈っぽいメッセージ・ソングばかり歌っているぼくのような歌い手は、みんなを楽しませたり、元気づけたり、励ましたりすることはできないし、それこそ駆けつけたとしても、「あんた誰?」「あんた何者?」と言われたりして、まったくお呼びではないに違いないと考えていたのです。

それにこれは乱暴に言ってはいけない、ひじょうに微妙なことなのですが、被災地に駆けつけて歌を歌う人たちの中には、みんなを楽しませるために、元気づけるために、励ますために、「歌いに行ってあげる」という姿勢が伝わってくる人たちもいて、それはちょっと違うんじゃないかなという違和感をぼくは感じていました。またこの時期にある有名な女性歌手が言った「わたしはシンガーだから歌うことしかできない」という発言にも、ぼくは違和感を通り越して反感のようなものを感じてしまいました。しかもその発言がとても立派なこと、素晴らしいことのように受け止められていたからなおさらです。

「シンガーだから歌うことしかできない」という言い方が、とても潔くて使命感に燃えたも

歌い語ることは共に祈り、祈りを共有すること

ののように受け取られ、絶賛されたのかもしれませんが、ぼくはむしろそこにその人の驕りや傲慢さ、そしてシンガーという「特権」や「使命」に逃げ込んでいる甘えや怠惰を感じてしまったのです。

とんでもない災害を前にして、自分がその被害に直接あわなかったとしても、誰であれ、まずは人としてやれること、やるべきことは山ほどあるはずです。そしてそれをやると同時に、その人が何か「特別」なことをしているのだとしたら、他人とは違った何かをしているのだとしたら、そしてそれを役立てることができるのだとしたら、それもすればいいだけの話だとぼくは思うのです。その人がたまたまシンガーだとしたら、そこにシンガーとしてやれる特別なことが一つ付け加わるだけで、「シンガーだから歌うことしかできない」というのは、決してありえないし、逆にぼくは潔い決意表明というより、逃げるための口実のように感じられてしまったのです。

シンガーだとか、俳優だとか、作家だとか、詩人だとか、監督だとか、社長だとか、そういうことを別にして、一人の人間として自分にできることは何なのかを考え、それから自分がやっている「特別」なことで何ができるのかを考えればいいのではないでしょうか。そしてぼくはミュージシャンとしても自分にいったい何ができるのかと改めて考えた時、それはみんなを楽しませたり、元気づけたりするために被災地に駆けつけることではなく、まずは大震災や原発事故についての歌を作って、それを自分のライブで、いつものみんなの前で歌うことなのではないかと思いました。そしてそんな歌をいくつも作り始めました。

それでも東日本大震災から二か月近くが過ぎた二〇一一年五月のはじめ、ぼくは大震災後の東北地方に初めて歌いに行くようになりました。それは福島県いわき市のライブ・ハウス「club SONIC iwaki」で行われた「いわきサイコーです」というイベントで、それから九月には岩手県上閉伊郡大槌町の大槌ふれあい運動公園で開催された大阪のラジオ局主催の「なにわ元気まつり」、そして十月に福島県いわき市常磐湯本の21世紀の森公園で開催された「がんばっぺ！　フラ＆ミュージック・フェスタinいわき」と、震災後の東北地方に歌いに行く機会が続きました。でもいずれもたくさんのミュージシャンが出演するイベントで、与

＊カリタスジャパン大槌ベース　宗教法人カトリック中央協議会の救護支援組織カリタスジャパンが東日本大震災の際に大槌町に二〇一一年に設置し、カトリック信者たちによるボランティア活動の救護支援拠点となった場所。二〇一八年閉所された。

＊よしだよしこ　東京生まれ。一九七二年、フォークグループ「ピピ＆コット」のメンバーとしてデビュー、吉田拓郎、泉谷しげる、古井戸、海援隊等とともに活動する。一九七六年に渡米し、帰国後より音楽活動を中断するが二〇〇三年にシンガーソングライターとして活動を再開、以後、全国各地でステージに立ち続けている。

えられた短い持ち時間で自分の歌を歌うだけで、地元の人たちとゆっくり話をする時間も持てなければ、会場以外のどこにも足を延ばすことができない、それこそ被災地の会場だけを駆け足で通り過ぎるというものでした。被災地を訪れて、そこにとどまって歌うという体験とはかけ離れたものでした。二〇一二年の夏にも、ぼくは福島や会津若松、いわきに歌いに行きましたが、やはりそれらも、残念なことに駆け足で通り過ぎるだけの旅になってしまいました。

自分が被災地に歌いに来たと初めて実感できたのは、そして被災地に歌いに行くとは、被災地で歌うとはどういうことなのかを、自分なりにしっかりと確認できたのは、二〇一二年十二月に再度岩手県の大槌町を訪れた時でした。この時は震災後にボランティアとしてすでに何度も被災地を訪れている〝狂犬の詩人〟末森英機さんが、ボランティア活動の拠点としている*大槌町のカリタスジャパン大槌ベースに話を持ちかけてくれ、ぼくはシンガー・ソングライター仲間の*よしだよしこさんと一緒に大槌町に向かい、大槌町の仮設住宅集会所、そして地震と津波で町の中心部が壊滅状態になった大槌で奇跡的に建物が残った喫茶「夢宇民《ムーミン》」で歌えることになりました。

大槌町に着いた翌日、大槌町小鎚第八仮設住宅の集会所で朝十時から始まった「くりすますおちゃっこの集まり」は、音楽を楽しむことより、集まった仮設住宅の人たちがビンゴなどのゲームを楽しんだり、みんなで一緒に食事をすることが中心の集まりだったので、よしだよしこさんもぼくも数曲しか歌えず、何だかいつもの調子がでないというか、不完全燃焼のままで終わってしまいました。

しかし夕方から喫茶「夢宇民」で行われたクリスマス・ライブには、大槌町や近所の音楽好きの人たちが集まってくれ、まずは末森英機さんの歌でライブが始まり、それからよしだよしこさんとぼくがそれぞれ一時間近く歌いました。それこそよしこさんやぼくが日本中いろんな場所でいつもやっているライブとまったく同じ感じで、熱く盛り上がりました。ぼくらはいつものライブで歌っている歌を歌い、来てくれたみんなもその歌に真剣に耳を傾けてくれ、大きな声で一緒に歌い、みんなの笑顔が溢れるとても素敵な夜となりました。実は喫茶「夢宇民」は大槌町の音楽好きの溜まり場で、マスターの赤崎潤さんたちはムーミンズというロック・バンドを組んでずっと音楽活動をしていて、まさに大槌町の音楽のメッカと呼べる場所だったのです。

喫茶「夢宇民」のクリスマス・ライブに集まってくれた人たちは、誰もが二〇一一年三月十一日の東日本大震災で家族や友人、家や仕事など大切なものを失い、その悲しみや苦しみ、喪失感と日々向き合い続けている人たちばかりでした。その深い悲しみや絶望にぼくは簡単に立ち入ることなど絶対にできないし、自分の歌でその人たちを何とかしたいという特別な気持ちにはまったくなれませんでした。ぼくにできることはといえば、いつもと同じように、いつもの歌を歌うだけだったのです。そしてぼくにははかり知ることのできない悲しみや苦しみを抱え込んでいる人たちが、その夜は音楽で一つに繋がり、一緒に歌い、溢れる笑顔を見せてくれたのでした。

喫茶「夢宇民」でのライブが、そしてそこに集まってくれたみんなの表情が、反応が、ぼくに改めて気づかせてくれました。被災地に歌いに行くからといって妙に構えたり、何か特別なことをする必要はまったくないのだと。いつも自分がやっていることをただやればいいだけなのだと。

二〇一一年三月の東日本大震災からしばらくの時が流れ、いろんなミュージシャンたちが被災地に駆けつけたり、被災地で活動しているのを見て、ぼくは落ち着かなくなったり、あせったりして、無意識のうちに思ってしまっていたようです。被災地に歌いに行くことで、ぼくは何かしてあげよう、何かを与えようと。でもそれはとんでもないことでした。喫茶「夢宇民」での素晴らしい時間がぼくに教えてくれました。励ましてあげよう、元気づけてあげようだって？　聞きに来てくれた被災地のみんなから逆にぼくのほうがいろんなものをもらっているではないか。

いただいたお手紙の中で姜さんはサン＝テグジュペリの『人間の土地』の中の言葉、不時着した飛行機の操縦士、サン＝テグジュペリの言葉を引用されていました。

「ぼくらのほうから駆けつけてやる！　ぼくらこそは救援隊だ！」

ぼくが喫茶「夢宇民」で思ったこととこのサン＝テグジュペリの一節とを結びつけるのはあまりにも強引であることはよくわかっていますが、たすけてあげようとしている者こそが実はたすけられている、与えようとしている者こそが実は与えられているということは、絶対にあることなのです。

「ちょっと無理、絶対無理、と瞬間的に決定的に」感じられた姜さんでしたが、二〇一六年九月熊本での「はじまり一座」の『水はみどろの宮』の歌い語り公演は、もちろん中止されることはありませんでした。橙書店で行われた公演はあらゆる意味で大成功だったと思います。

「ええーい！　よか水の道の通ったぞ！」というごんの守の声とともに、その場に水がじゅんじゅんとめぐりはじめたようでした。その場にいた誰もが千年のまつりと祈りの主人公になったようでした。ひとりひとりの心の裡に、遥かな見知らぬ命たちへの祈りが宿ったようでもありました。誰かのために祈る、そんな場を、この世のどこよりも熊本こそが必要としているようでした。

熊本のなかでもいちばん甚大な被害を受けた益城町出身の知人の、『水』のあの再生と祈りの場をともにしたあの夜、震災以来はじめてぐっすりと眠れた」という言葉を聞いたとき、ようやく私は『水』を歌い語ることの意味を知ったようにも思いました。

姜さんのお手紙のこの言葉をぼくは何度も何度も読み返しています。歌い語ることでそこにいる一人一人の心の裡に祈りが宿り、それが再生へと繋がる。何かをしてあげよう、何かを届けようというのではなく、共に祈り、祈りを共有すること。遭難者が救援者となり、救援者がその祈りに救われる。

「祈る者は、誰かの見知らぬ祈りによって救われている自分を知る者」

人前で歌い始めて今年で五十年になるぼくですが、まるで今日初めて人前で歌った者のように、歌うことの重さと深さ、恐ろしさと楽しさ、そして素晴らしさに改めて気づかされています。

中川五郎

二〇一七年二月十六日

第5信　姜信子　から　中川五郎　さんへ

あんたの頭の上の神さまはどこにいった？

あんたの頭の上の神さまはどこにいった？

中川五郎さま

そうですか、五郎さんはもう五十年も歌いつづけてきたのですね。その持続の力、意思、そして運命！

いままで私のなかではフォークシンガー中川五郎と同じくらい、*ブコウスキーの翻訳者としての中川五郎が強く印象づけられていました。

ほとんどの人たちは死に対する用意ができていない。自分たち自身の死だろうが、誰か他人の死だろうが。死に誰もがショックを受け、恐怖を覚える。まるで不意討ちだ。なんだって、そんなこと絶対にありえないよ。わたしは死を左のポケットに入れて持ち歩いている。そいつを取り出して、話しかけてみる。「やあ、ベイビー、どうしてる？　いつわたしのもとにやってきてくれるのかな？　ちゃんと心構えしておくからね」

ご存知、*『死をポケットに入れて』の一節です。この本のことを今日ふっと思い出したのは、つい先日、三月二十六日に、私の歌の旅の道連れだったナミイおばあの追悼の宴を八王子のわが家で催したからなのでしょう。ナミイおばあは、二〇一七年一月三十一日の朝、ひとり静かに旅立っていきました。

石垣島でナミイおばあに初めて出会ったのは、十五年ほども前のことでした。ナミイは沖縄最後のお座敷芸者。お座敷を引退したあとも、宴の場で三線《さんしん》を手にしたなら、リクエストに応えて、いやいやリクエストがなくても、もう果てしなく三線を弾き、歌ったものでした。なにより、宴の場で誰かが歌いだせば、どんな歌でも、初めて聞く歌でも、すぐさま三線でノリノリの心も弾む伴奏をつけて一気に盛り上げたものです。ナミイおばあのレパートリーは、明治大正昭和の流行り歌、お座敷歌、島の唄と、軽く千曲を超えるらしい。

宴となれば、石垣島では締めは*六調で、六調のぴゅんぴゅんと波に乗るような調子に誘われて人々が踊り出せば、さあ踊れ、そら踊れ、速弾きでガンガン踊らせつづける。それが十分でも二十分でも三十分でも、踊り手がそこにいる限りは。これ、ギターや三味線をやる

＊チャールズ・ブコウスキー　一九二〇～一九九四年。ドイツ生まれアメリカ育ち。作家、詩人。文壇的な世界に背を向け、郵便局員をしながら作品を書き続ける。酒と競馬に興じ、数多の女性を愛した無頼な生き方を反映した作品で多くのファンをもつ。中川五郎訳では『死をポケットに入れて』のほか、『詩人と女たち』『くそったれ！　少年時代』『英雄なんかどこにもいない』などがある。

＊『死をポケットに入れて』　一九九一年から一九九三年まで、つまりブコウスキーが七十三歳で亡くなる一年前までの二年半のうちの三十三日間の日記の形をとる散文詩的断章群から成る作品。ブコウスキーの死後に発表された。翻訳は河出書房新社刊。

＊六調　奄美や八重山地方に伝わる民謡のひとつ。祝宴の際の締めくくりなどに演奏されるアップテンポのダンス・ミュージック。

人ならきっとわかると思いますが、ジェフ・ベック（って名前を出すあたりが古いかな。ともかくも、そのジェフ・ベック）並みの速弾きで三十分って、演奏者にとってはかなりの地獄ですよね、でも、これがお座敷の作法なのだと、お座敷遊びではお客様が音をあげる前に芸者が音をあげてはならぬと徹底的に叩き込まれたのだとナミィおばあは常々言っていた。

そのナミィおばあの口癖が、「アタシはヒャクハタチまで生きる」なのでした。ときには、「死ぬもんか、絶対死ぬもんか！」と叫んで地団太踏むような強烈なばあさんでした。その意味では、ポケットに死を入れて持ち歩いていたブコウスキーとは一見対極のように見えるけど、実はそう大差ないのではないかと私は思っているんです。

このおばあのことは、過去に『ナミィ！　八重山のおばあの歌物語』（岩波書店）を刊行したり、映画「ナミィと唄えば」（本橋成一監督）の企画・製作に関わったりで、ずいぶんと書いたり語ったりしてきました。それでも、ナミィと縁あった人々と追悼の宴を催してみれば、まだまだ語り尽くせないことがあるようなのでした。

追悼の宴で私たちは、たとえば、ナミィおばあのお座敷で一緒に遊んだ思い出の、こんな歌を歌ったのですよ。

*〈ストトン節〉
ストトンストトンと通わせていまさらイヤとは胴欲な
いやならいやだと最初から言えばストトンと通やせぬ

ストトンストトン
私があなたに来たときはちょうど十八花盛り
今さら離縁と言うならば元の十八しておくれ
ストトンストトン
ストトンストトンと戸を叩く主さんが来たかと出てみれば
空吹く風に騙されてお月さんに見られて恥ずかしや
ストトンストトン
うちのとうちゃんはげあたまとなりのとうちゃんもはげあたま
はげとはげとがケンカしてどちらもケガなくよかったね
ストトンストトン

そして、私たちはこんな話もしたのです。

＊ストトン節　演歌師・添田さつき（添田知道）が大正十三年に作詞・作曲した元唄から、歌い手によって多くのヴァリエーションが生まれた。本文中のストトン節は「十九の春」や「ドンパン節」の歌詞を取り入れたナミイおばあヴァージョン。

「ナミイおばあったらさぁ、子供のころから何度も死にそうになってね……」

そう、ナミイは何度も死にそうになっている。最初は九歳のとき。石垣島から那覇の辻町の料亭に売られて、日々の芸のお稽古の厳しさと料亭のおかあさんの折檻に耐えきれず、波の上神社の断崖絶壁から九歳の子どもが身を投げて死のうとした、ところが、そのとき確かに「ナミイ、死ぬなよぉ」と声を聴いたというのです。断崖絶壁からナミイを押し戻す見えない大きな手を感じたというのです。

その次は、十四歳のとき。叔父さんが辻から買い戻してくれて、いっとき帰ってきていた石垣島の鰹節製造場で、つるりと足を滑らせて、床にガツンと頭を打って、人事不省。そのときナミイは長い長い階段をのぼっていったといいます。階段のてっぺんには南島のお祭りに登場する*「ミルク（弥勒）」のようなおじいさんが立っていて、手には大きな火箸を持っていて、「来るな来るな、おまえがここに来るのはまだ早い、帰れ、帰れ」と言った、その瞬間にナミイはぱっちり目が覚めた。

しかし、おじいさんの手に大きな火箸ねぇ……、いやいや、ちがうよ、それは錫杖のことだよ！　確かに火箸は錫杖に似てるわな、などと私たちは言いたい放題の追悼の宴を繰り広げる、そうやって、九歳の歳から九十年近い歳月を三線を弾いて歌って生き抜いてきたひとりのかけがえのない人間を偲んでいる。百二十歳まで生きると言いつづけたナミイは、肺がんで、九十七歳で、この世を去ったのでした。

しかし、九十年も歌いつづけるとは、いったいどれほど凄まじいことなんでしょう。しかも、それは、お座敷という空間の無名の三線弾き、唄者として。たとえお座敷に出なくなっても、ナミィのその振舞いは、常にお座敷で鍛えあげたそのままでした。
私はナミィと一緒の歌の旅で、いろいろなことを教えられ、いろいろなことに気づかされました。
歌う者が歌の主であるということ、
それはつまり、歌はすべての者に開かれているということ、
歌は神さまを喜ばすためにあるのだということ、
神さまは木にも草にも石にも水にもこの世に存在するすべてのものに宿るということ、
われら人間ひとりひとりの頭の上にも神さまはいるのだということ、
歌えば頭の上の神さまが喜んで踊り出すから、人間もまた喜んで踊るのだということ、
だからナミィいわく、頭の上に神を乗せている人間もまた、実は神なのだということ、
そして、どうやら、自分の好きな歌や踊りもわからない者たちは、頭の上の神を失くして

＊ミルク（弥勒） 沖縄では、仏教で説く弥勒菩薩と古来のニライカナイの信仰が合体し、ミルクは海の彼方の楽土から豊年を運んでくる来訪神となった。旧盆には、弥勒菩薩の分身のひとつとされる布袋の仮面を被ったミルクの神事が行われる。

しまった厄介な者たちなのだということ。

思い返せば、私が最初にナミイおばあに出会ったときの、ナミイおばあからの最初の一撃が、「あんたの頭の上の神さまはどこにいった?」なのでした。

この一言ですべてがはじまって、私はナミイおばあと島から島へ、お座敷からお座敷へ、たくさんの宴の場をともにすることになったのです。

そして、今、つくづくと思うのは、「場を開く」ということ。そこにこそ、歌の最初の秘密があるのではないかということなのです。

「場」と言い、「歌」と言えば、まことに唐突ですが、私は歌うのも聴くのも好きだけど、いわゆるメッセージソングというのがずっと苦手でした。いわゆる市民集会や、いわゆる政治的な集まりで、メッセージを込めた歌が流れるその風景、その空気感というのがなにより苦手でした。

たとえば、まず、あるひとつの主義主張がある、主義主張の旗の下に人が集まる、そして誰かが作ったメッセージソングをみんなが声を合わせて歌う、えいえいえいおう！　と声を合わせて気勢をあげる。そういうのが、私、まったくダメなんです。

いやいや、こうやって書くうちに、自分でもはっきりしてきました。苦手なのはメッセージソングではなく、どんなメッセージであれ、そのメッセージのもとに、人々があっという間に「ひとかたまり」になって結集して、あっという間に「ひとかたまり」の声になり、微塵の疑いもなく「ひとかたまり」の歌になるのが、いやなんですね、歌う者が歌の主のはずなのに、歌わされて自分を失くして誰かが指揮するパレードに引きずり込まれていくような感覚、それがいや。そこにあるのは歌ではない、単なる行進曲じゃないか、と。

行進曲から人間を解き放つ、そういう場としての「歌の場」を、私はずっと探していたように思います。そしてそのヒントをナミイおばあのお座敷からもらったように感じているのです。

島でナミイの唄三線が流れるお座敷に集う者たちは、たとえて言うなら、円く座を組む。歌う人、聴く人、踊る人がはなから決まっているわけでもないし、舞台と客席が分かれているのでもありません。円座に連なる誰かが歌う、みなが喜んで聴く、そのうち誰かが踊る、その歌う—聴く—踊る—また歌う—聴く—踊るという、次第次第に盛り上がってゆく円い連鎖が場を形作ってゆく。

こんなふうにして「円く座を組む」ということが、実はまことに大事なことなのではないか。

それは、たとえば、その昔、百姓がおかみに向かって一揆を起こしたときに、一同の名前を連判状に円を描くようにして書き連ねていったような、どこが始まりでどこが終わりかわからない、誰が首謀者なのかちっともわからない、その意味ではみんなが首謀者ともいえる、みんなが一揆の主である、そういう関係性、それがつまり「円く座を組む」ということ。

また、たとえば、次から次へと音曲にのせて歌の主が現れ、踊りの主が立ちあがり、水の流れのように滔々と歌をつなぎ、踊りを受け渡し、場を作りあげていく、そうやって、みなで円く座を組んで繰り広げる宴（＝歌遊び）というのは、批評精神なくしては成り立たない。いささか大げさな物言いのようですが、いま歌っている人、踊っている人の、歌の文句、踊りの仕草を受けて、それを踏まえて、ならば今度はこう歌おうか、さあ、こう踊ったらどうだ！　なに、そう来るか！　という芸と技の丁々発止、そこに「批評精神」は宿り、だからこそ「場」の面白さがあり、遊びの妙味がある。

その昔、鎌倉時代から南北朝の時代にかけて、桜咲く春に、お寺の境内で催された*「花《はな》の下連歌《もとれんが》」という遊びがあったといいます。それは遊びであると同時に、枝垂れ桜から激しく舞い散る花びらとともにこの世に散り広がってゆく厄病神や怨霊を鎮めるために開かれた場でした。この「花の下連歌」の場も「円い場」でした。身分の上下などここでは消えて、人々は平等にひたすらに言葉の技と芸を競いつつ、歌を詠みついでいく、その白熱する言葉がもたらす熱狂をもって禍々しいものたちを喜ばせ、鎮め、慰めた。裏を返せば、その連歌の場に参加する者ひとりひとりが、自分の前に詠まれた句を理解し、さらにそこから跳躍するための想像力と批評精神と機知をもたなければ、そこに熱狂は生まれず、禍々しいものたちをこの世から祓うことも鎮めることもできない、恐ろしい場でもあったのです。

花の下で熱狂して歌を詠む人間どもの足もとには、禍々しいものたちが蠢く冥界が広がっている、そして、想像力も批評精神も機知ももたずして、ただ付和雷同、与えられた歌なんかを声をそろえて唱和なんかしていると、たやすく人間は厄病神に取り憑かれ、冥界にのみ込まれてゆく。

さてさて、どうやら、ナミイおばあからはじまって、話は思いもよらぬところまでたどりついたようです。でも、これもすべて、ナミイおばあが私たちに開いて見せてくれた「歌の場」の教えなのです。私たちひとりひとりこそが歌の主であることを忘れたとき、私こそがみずからの心の主、精神の主であることを見失ったとき、それをナミィ流に言えば、自分の頭の上の神を失ってしまったとき、私たちはただただ歌わされ、踊らされる。いまつくづくとそう思うのです。そして、それはちっとも面白くない。まことに不本意で不愉快。なにより危うい。

思えば、ナミイおばあは沖縄〝最後〟のお座敷芸者でありました。もうナミイおばあのような、お座敷の神々を喜ばせ、神々の歌を弾きだし、踊りを誘いだし、同時に、お座敷にわらわらと寄ってくる禍々しいものどもをも喜ばせ鎮めるお座敷の名手には、出会えないかもしれない。

＊花の下連歌　上の句と下の句を別の人が応答して続けて詠み合う短歌を連歌という。花の下連歌は疫病除けの花鎮めという宗教的な意味をもつ一方で、前の句に付ける付合の巧みさが競われ、その巧拙が賭の対象になるなど遊芸的な側面でも人気を呼び、幕府が禁令を出すほど流行した。

と、悲しい心で思っていたのもつかの間、ナミイおばあ追悼の宴も無事終わった三月二十六日のその夜のこと。夜も更けて、なんだか無闇にぐったり疲れていたそのときのことでした。宴に参加していた友人Ｍから、ラインメッセージが入った。

Ｍには、自身の身の上になにごとかが起きると、「おい、今日なにかあったんじゃないか？」と、必ず連絡をしてくる霊感の鋭い友人Ｋ君がいる。そういうときにしか、連絡をしてこない有り難い友人です。そのＫ君から追悼会から帰ってきたＭに不意に連絡が入ったというのです。そして、彼はＭにこう言ったという。

「ナミイおばあさん、そこに来ていたよ。君たちみんな、死してなお元気なナミイに精気を吸い取られたから、今日は早く寝ましょうね」

ああ、やっぱりね、そうなんですね、深い祈りを込めて歌えば、生死の境も超えてつながるんですね、そもそもが、私たちは目に見えるものばかりに囚われているだけで、生も死もきっとともに今ここにある。これが、私がこの手紙の冒頭で、「（絶対に死ぬもんかと地団太踏むようなナミイおばあが）ポケットに死を入れて持ち歩いていたブコウスキーとは一見対極のように見えるけど、実はそう大差ないのではないか」と言った本当の理由でもありました。

二〇一七年三月二十九日

姜信子拝

第6信　中川五郎 から 姜信子 さんへ

「ひとかたまり」になることのない歌の秘密

姜信子さま

ぼくが人前で歌うようになったきっかけは、アメリカのフォーク・ソングに夢中になり、その影響を受けたからです。一九六〇年代前半から中頃にかけてのことで、ぼくはまだ中学生でした。アメリカでは一九五〇年代の後半から古いフォーク・ソングを新たな解釈と感覚とで歌い直すモダン・フォーク・リバイバルという現象が起こっていました。そのリバイバルの動きの中で人気があったのが、キングストン・トリオ、ブラザーズ・フォア、ピーター・ポール&マリーといったモダン・フォーク・コーラス・グループで、一九六〇年代の前半から中頃、彼らが歌うフォーク・ソングが日本にも伝わってきました。そんな彼らの歌を聞いて、中学生のぼくはアメリカのフォーク・ソング、モダン・フォーク・コーラス・グループの虜になってしまったのです。

そうしたグループは古くから伝わる伝統的な歌、すなわち民謡と呼ばれているものを数多く取り上げ、それをモダンにアレンジして歌っていました。しかし彼らの歌に親しむうち、それだけではないことにぼくは気づきました。フォーク・ソングとは昔から伝わる民謡のことだけを意味するのではなく、そこには新しく作られた歌、新しく作られ続けている歌も含まれていました。一九三〇年代から活動するウディ・ガスリー、その後輩で一九四〇年代から活動するピート・シーガー、はたまたボブ・ディラン、トム・パクストン、フィル・オクス、エリック・アンダースンといった一九六〇年代の同時代のフォーク・シンガーたちが作って歌っている歌で、まさにそれらの新しい歌、コンテンポラリーなフォーク・ソングこそが一九五〇年代後半から六〇年代初めにかけてアメリカで湧き起こり、世界中に広がっていったモダン・フォーク・リバイバルの中心にあったのです。フォーク・ソングとは昔から伝わる民謡だけではなく、同じ時代を共に生きる人々の新しい歌、民衆の歌でもあったのです。

そしてこの一九五〇年代後半から六〇年代前半のモダン・フォーク・リバイバルの大きな特徴として、シング・アロング、シング・アウトということがありました。みんながよく知っている歌を、あるいは知らない歌でも歌い手から歌唱指導を受けて、コンサートやフォーク・ソングの集いに参加した人たちみんなが声を合わせ、大きな声を出して、心を一つにして歌うのです。みんなが一緒に大声で歌うフォーク・ソングの集まりは、フーテナニーと呼ばれることもありました。hootenanny、英語の辞書では「（ダンスやフォーク・ソングなどの）形式ばらない集い（パーティー）」と説明されています。

一九六〇年代初め、日本に伝わり広がっていったフォーク・ソングの動きの中でも、アメリカのモダン・フォーク・リバイバルに欠かせなかったこのシング・アロングやシング・アウトが必須のものとなりました。コンサートなどでみんなが声を合わせて歌うのです。最初はアメリカのモダン・フォーク・リバイバルの中でシング・アロングされている歌をそっくりそのまま真似をして、英語のまま声を合わせて歌っていました。そのうちアメリカのフォーク・ソングを日本語に訳した歌や日本で作られた歌など日本語の歌が登場してくると、それらがみんなで一緒に歌われるようになりました。やがて一九六〇年代後半の*「政治の季節」になって、メッセージ色の強いフォーク・ソングがよく歌われるようになると、それらの歌もさまざまな集会でみんなで声を合わせて歌われるようになったのです。そのピークとも言えるのが、*新宿駅西口の地下広場をはじめとして、日本各地で起こったフォーク・ゲリラの集まりでした。

ぼくはフォーク・ソングは大好きでしたが、このシング・アロングやシング・アウトとい

＊政治の季節　一九六〇年代後半、アメリカの公民権運動やヴェトナム反戦運動、フランスの五月革命、中国の文化大革命、日本においては全共闘運動など、学生を主体とした反体制的な政治運動が世界各国で同時多発的に起こり、「政治の季節」と呼ばれた。さまざまなジャンルにまたがるカウンター・カルチャーやポップ・カルチャーの革新的な動きと密接に結びついてもいた。

＊新宿駅西口の地下広場をはじめとして…　一九六〇年代のアメリカのフォーク・ソングに影響を受け、日本各地でも、学生や市民が集まりフォーク・ソングを歌い反戦や反体制を訴える集会が行われるようになった。次第に大規模化した集会は排除の対象となり、一九六九年六月、新宿駅西口地下広場での数千人の集まる集会に機動隊が突入して過激な制圧が行われるに至った。これは六〇年代日本の世相を象徴する事件の一つとなった。

「ひとかたまり」になることのない歌の秘密

う、みんなで一緒に歌うのが苦手でした。もともとぼくはみんなで声を合わせて歌うというのがだめで、小学校や中学校の音楽の授業でも合唱になると口だけ開けて歌っているふりをしたりしていました。音痴で合唱ができないというか、ハーモニーをつけられないということもありましたが、それだけでなくみんなで声を合わせ、歌詞の言葉もぴったり合わせ、息継ぎの場所もきちんと合わせて歌うという、そういう一糸乱れないやり方がいやだったのです。

きっかけはキングストン・トリオのようなコーラスを聞かせるモダン・フォーク・コーラス・グループでしたが、すぐにもぼくは彼らが歌っている歌を作っているフォーク・シンガーたちに興味を抱くようになりました。ウディ・ガスリー、ピート・シーガー、ボブ・ディランといったフォーク・シンガーたちに辿り着いたのです。そこでフォーク・ソングとは、全体が一つに纏まる音楽ではなく、個を大事にする音楽、個に基づく音楽、個から出発する音楽、それぞれ一人一人が好きにやればいい自由な音楽だということに気づいたのです。だからこそフォーク・ソングっていいな、素晴らしいな、魅力的だなと強く思うようになったのだと思います。まさに合唱の対極にあるのがぼくにとってのフォーク・ソングでした。

ところがぼくが夢中になったこのフォーク・ソングでも、みんなで一緒に歌う、声を合わせて全体が一つになって歌うというシング・アロングやシング・アウトが不可欠だったのです。個の音楽とみんなで声をぴったり合わせて歌う音楽、それは矛盾する存在のようですが、アメリカのモダン・フォーク・ソング・リバイバルではその二つの音楽が見事に共存しているところがあったように思います。

それが成立したのは、みんなが声を合わせて歌っても、そこには個というものがしっかり存在している、まずはそれぞれ集まった一人一人がいる、その一人一人がみんなで一緒になって歌っているというところがあったからなのかもしれません。全体に個が埋没するのではなく、個の集積としての全体とでも言えばいいのでしょうか。ところが日本に伝わったフォーク・ソングの世界では、みんなで一緒に歌う時、個が集まって歌っているということが希薄になってしまい、一緒に歌うということ、心を一つにして、声を合わせて全体で歌うということばかりが、すなわち個よりも全体の調和や統一の方が優先されるようなところがあったように思います。だからこそぼくはフォーク・ソングのシング・アロングにも、小学校や中学校での音楽の授業の合唱の時に感じた違和感や苦手意識を見つけ出してしまったように思います。まさに姜さんがお手紙で書かれているような、個を捨てた「ひとかたまり」になりがちだったのです。

ぼくはみんなで一緒に歌う楽しさや面白さまで否定するつもりはまったくありません。みんなで一緒に歌うのはとても楽しいです。でもそれはあくまでも自分というものを持ち続けたままでのこと、一緒に歌うことを楽しむ個の自分がいた上のことで、ただ「ひとかたまり」になることが目的になれば、それはもう義務や仕事のようになってしまい、少しも楽しくなくなるように思います。ちょっとかっこつけた言い方になってしまいますが、それぞれが一人でいてこそ一つになれるのであって、一人であることを捨ててしまって一つになると

「ひとかたまり」になることのない歌の秘密

いうのは、ほんとうに一つになることとはまるで違うことになってしまうのではないでしょうか。

そんな強制的な「ひとかたまり」ではなく、みんなが一人一人のままでの一つになること。歌という場に関して言えば、その一つの答えがナミイおばあの歌にあるのではないかと、姜さんがナミイおばあについて書かれていることを読んだり、姜さんに教えられたナミイおばあのYouTubeでの音源を聞いたりして、ぼくは思いました。

そしてもう一つの答えが、ぼくにとってもっと身近なフォーク・ソングという歌の場の中に、ピート・シーガーというフォーク・シンガーにあるようです。

ピート・シーガーはいろんなフォーク・シンガーの中でも、みんなと一緒に歌うことが、みんなに一緒に歌わせることが大好きな人です。まさにシング・アロングの名手、シング・アウトの第一人者と呼んでもいいでしょう。二〇一四年一月二十七日に九十四歳でこの世を去ったピート・シーガーは、七十五年に及ぶ音楽活動の中で百枚近いアルバムを残していますが、その中にはライブ・アルバムが数多くあります。そして*『With Voices Together We Sing』、『Hootenanny at Carnegie Hall』、『Sing Out with Pete』、『Sing Out! Hootenanny』、『Sing with Seeger!』、『Singalong Sanders Theatre 1980』といったアルバム・タイトルを見てもわかるように、ライブ録音されてアルバムになっているピートのコンサートは、シング・アロングやシング・アウトの嵐、ひたすら聴衆と一緒に歌い、とことん聴衆に歌わせているのです。

中でも一九八〇年に発表された『Singalong Sanders Theatre 1980』という二枚組、収録時間二時間のCDは、シング・アロングの名手、ピート・シーガーを知るには最高のアルバムだとぼくは思います。一九八〇年一月にケンブリッジのハーヴァード大学の中にある由緒あるサンダース・シアターで行われたピート・シーガーのコンサートが完全にライブ・レコーディングされているもので、彼は一人一人の聴衆と一つになって、みんなで一緒に歌うことをとことん楽しんでいます。アルバムのブックレットに当時六十歳だったピートは次のような文章を寄せています。

「わたしの声や記憶力、リズムのセンスやピッチがうんと衰えてしまう前にと、六十歳にしてわたしは決断した。二十五年以上にわたって、たいていは大学で行ってきたわたしの二時

＊『With Voices Together We Sing』… それぞれのアルバムタイトルを直訳すると、『With Voices Together We Sing』は「声を合わせてわれらは歌う」、『Hootenanny at Carnegie Hall』は「カーネギー・ホールでのフーテナニー」、『Sing Out with Pete』は「ピートとともに歌おう」、『Sing Out! Hootenanny』は「大声で歌え！ フーテナニー」、『Sing with Seeger!』は「シーガーとともに歌えー！」、『Singalong Sanderts Theatre 1980』は「一九八〇年、サンダースシアターでのシング・アロング」となる。

間の〝コンサート〟をフォークウェイズ・レコードに頼んで記録に収めてもらおうと……一九八〇年一月、わたしの妻のトシはマサチューセッツ州ケンブリッジまでわたしを車で送り届けるため、またしても自分の仕事を一時中断してくれた……ほとんどが若者で、それに混じって彼らの両親たちや祖父母たち、それに未就学児童たちもいた。聴衆の誰もが、みんな天使のように歌ってくれた」

『Singalong Sanders Theatre 1980』を聞くと、みんながよく知っている歌が多いということもあるのですが、ピートが歌い始めれば、誰もが一緒に歌い始め、時には自然に、時にはピートのリードで自由にハーモニーをつけたりして、シング・アロングを心底楽しんでいるのです。命令されたり指揮されたりして歌うのではなく、どこまでも自由で、楽しくてたまらないみんなの歌声。「ひとかたまり」になるという目的のためではなく、一緒に歌わずにはいられなくなって自然と歌ってしまっているみんなの歌声が、ピートにはきっと天使の歌声のように聞こえたのでしょう。

シング・アウトは苦手だとさんざん書きながら、歌というものは一方的に聞くだけ、受け止めるだけではなく、自然とそこに参加したくなるというか、声を出して一緒に歌いたくなるような魔力のようなものも確かに持っているとぼくは思います。そして石垣島出身の唄者にして三線弾き、沖縄最後のお座敷芸者のナミイおばあの歌とアメリカのフォーク・シンガーのピート・シーガーの歌とは、その世界が大きく異なっているように思えますが、ぼくはそのどちらにも「ひとかたまり」になることのない歌の秘密、一緒に歌ったり演奏に参加したりするシング・アウトの極意が隠されているような気がします。それは「みんなで一緒に」を個に押し付けるのではなく、個がそれぞれ楽しむうちに「みんなで一緒に」なっているということなのでしょうか。

ぼくは自分のライブでは、「さあ、みんなで一緒に歌いましょう!!」というようなことはめったにしないのですが、願わくば曲によっては、ぼくが何も言わなくても、聞いてくれている人たちが自然と歌に参加してくれるような、歌ったり、掛け声をかけたり、踊ったり、とにかく何か一緒にやりたくてたまらなくなってしまうような、そんな歌い手に少しでも近づきたいものです。

お返事がとんでもなく遅くなってしまってほんとうにごめんなさい。

愛を込めて。

中川五郎

二〇一七年十二月十七日

第7信　姜信子から中川五郎さんへ

声がこぼれる、こぼれでた声が歌になる詩

声がこぼれる、こぼれでた声が歌になる詩

中川五郎さま

今度は私の方がすっかり返信が遅れてしまいました。年もあらたまってしまって、ごめんなさい。

この間、二月十日に、*水俣病という「苦海」を描くことをとおして、そこに渦巻く忘れられた命の沈黙の声を聞き取って、人間が生きるべきもうひとつの世「浄土」を呼び出した作家、石牟礼道子さんが亡くなりました。

石牟礼道子さんという存在は、声や語りや言葉や歌に憑かれて追いつづける私のような物書きにとっては仰ぎ見る存在です。

水俣病という近代の病を丸ごと引き受けた人生だった、という点において石牟礼さんはとてつもない存在でした。でも、それ以上に、引き受けたその場所で彼女が紡ぎ続けた言葉がこの世への辛辣な批評であったということ、その声が今はここにない「もうひとつのこの世」への道しるべであったということこそが、私にとっての石牟礼道子の凄みです。

市民運動は、年月を経て当事者がいなくなってしまえば、次世代の人間がそれを引き継いでいくことがまことに難しくなります。だから、国家のような不老不死の組織は、当事者の命が尽きるまで時間稼ぎを重ねるというような悪事を普通に企むわけですが、その企みを粉砕する、千年先まで届くような声の力、言葉の力、歌の力を放ったのが石牟礼道子だと私は思っているのです。

当事者が消えても、けっして忘れさせない言葉、語り継ぐ声、この世とは異なる「もうひ

＊水俣病という「苦海」　水俣病は、手足の硬直や言語障害などの症状を引き起こす「原因不明の病」として一九五六年に熊本県水俣で公式発見（保健所に届け出、記録）された。しかし、それ以前にも水俣湾周辺の漁村で多数のネコの死亡や患者が発生しており、「奇病」「伝染病」と恐れられていた。原因が特定されたのは一九六三年。チッソ（当時の日本窒素肥料）水俣工場の工場排水に有機水銀の一種である「メチル水銀」が含まれており、これを摂取し体内濃縮された魚介類を食べた人々の脳や神経が侵されたものとされた。政府の公式見解により、熊本水俣病が公害病と認定されたのは、さらにくだって一九六八年のこと。患者らの粘り強い訴訟を通じて損害賠償や環境保護法の整備が進められたが、水俣病救済特別措置法が成立したのは二〇〇九年のことであり、未認定患者は今も残っている。水俣の人々は有機水銀による病と国家との闘いという二重の苦しみを何十年にもわたって背負わされてきた。石牟礼道子が四十年をかけて書き遂げた『苦界浄土』は、『苦界浄土　わが水俣病』（第一部・一九六九）、『天の魚』（第三部・一九七四）、『神々の村』（第二部・二〇〇四）から成る。水俣病に苦しむ患者とその家族の姿をなまなましくとらえ、水俣の海とともに生きる民の魂の言葉を描き切った他に類をみない日本文学の傑作である。

声が思わずこぼれる、こぼれでた声が歌になる詩

とつのこの世」へ向かえと、すべての命に呼びかける力。そういうものこそが、私たちが分かち合うべき本当の物語であり、歌なのだとも私は思うのです。

いま、こういう話をしながら、私はこの往復書簡の最初に書いた、五郎さんも歌っているあのピート・シーガーの「腰まで泥まみれ」を想い起こしています。

同時に、日本の現代詩の世界で多くの詩人に影響を与えた*小野十三郎という詩人の「詩論」も想起しています。

小野十三郎は一九〇三年生まれですから、ピート・シーガーよりひと回り上くらいの世代ですね。でも、歌と国家と戦争をめぐる経験ならば、おそらく同じくらい切実な経験をそれぞれにしているでしょう。アメリカでは朝鮮戦争、泥沼のベトナム戦争というぐあいに、青年たちが戦場に送られる時代が日本の戦後の時代にもつづいていたのですから。

小野十三郎は、その「詩論」で「歌と逆に。歌に。」と言いました。これは、ものすごくざっくりと言うならば、日本の花鳥風月をうたう短歌的な抒情の否定です。

春は桜、秋は月、のような千年以上にわたり日本人の情感に刷り込まれてきた条件反射の抒情、それを歌うときのおなじみのリズムの否定です。

おれとおまえは同期の桜と、桜つながりで抗うことも許されずに見事に美しく散ってゆくような抒情の否定です。

それは無自覚に故郷を讃え、風土の美しさを讃え、その感情がそのまま国家を讃えるような方向に流れるように（流されるように）つながっていくような、その意味での抒情の否定でもありました。

自分が身も心もすっかり飲み込まれているその抒情に自覚的であれ、その抒情のリズムに批評的であれ、と小野十三郎はその「詩論」で語った。それが「歌と逆に」という言葉の意味です。条件反射の短歌的な抒情の流れとはことさらに逆にゆけ！　と。そして、その逆への動きが極まったところに、本当の歌が、詩が、言葉が生まれいずるのだと。それは個の批判的精神から生まれいずる歌なのだと。これが、「歌と逆に。」のあとに「歌に。」が置かれている理由です。

「歌と逆に。歌に。」

＊**小野十三郎**　一九〇三〜一九九六年。大阪生まれ。詩人。十代より詩作を始め、二十代ではアナーキズム詩誌『赤と黒』に参加。一九三九年の詩集『大阪』で、近代化・工業化していく日本を詩に表した。一九五四年に勤労者が文学を学ぶ「大阪文学学校」を創設し、九一年まで校長を務める。同校は現在まで多くの詩人や小説家を輩出している。『風景詩抄』『異郷』『多頭の蛇』など多くの詩集と詩論集を出版、帝塚山学院短期大学教授、日本現代詩人会会長も務めた。『詩論』は、小野が戦時中から書きついだものをまとめ一九四七年に刊行された。

たとえば、若きころにある短歌誌の同人だった石牟礼道子さんは、情緒と風景が条件反射的にくっついている花鳥風月を歌う短歌に飽き足らず、風土に根ざし、生身の人間に根ざした新しい花鳥風月を想い、短歌から離れていきました。その後、水俣病という、人が病み、地が病み、水が病み、この世そのものが病むという苛烈な経験にさらされるなかで、非常に印象深い声で語りだされる作品群を書かれたのですが、その世界をぎゅっと凝縮したような俳句がひとつ。

祈るべき天とおもえど天の病む

この俳句には季語がない。季節と抒情の条件反射を断ち切った、自身の命のなかから湧きいずる、批評精神を芯に置いた厳しい抒情がひたひたと迫る歌がここにはあります。これも、とてもわかりやすい「歌と逆に。歌に。」のひとつの形でしょう。ただ、石牟礼道子自身が小野十三郎の影響を語ったことは一度もありません。思うに、この世に絶望し、もうひとつの世を眼差す者たちには、まつろわぬ心、反骨のリズムという点において相通ずるものがあるのかもしれません。

それとは別に、明らかに小野十三郎の影響を受け、小野十三郎の歌と抒情をめぐる精神を見事に体現したふたりの詩人がいます。しかも、面白いことに、このふたりともが見えない世界の住人なのです。

見えない世界？　と言われても、きっと不審に思いますよね。

ひとりは、日本のなかの見えない町、大阪・猪飼野《いかいの》朝鮮部落の詩人、*金時鐘《キム・シジョン》です。

もうひとりは、日本のなかの見えない孤島、ハンセン病療養所の詩人、*谺《こだま》雄二です。

ふたりとも故郷から断ち切られて生きるほかなかった人です。

ふたりとも若き日に小野十三郎の「リズムは批評である」という言葉に衝撃を受け、出口

＊金時鐘　一九二九年、朝鮮釜山に生まれ、済州島で育つ。詩人。国軍・警察によって三万人（『済州4・3事件真相調査報告書』による数字）にもおよぶ島民が虐殺された一九四八年の済州島四・三事件で闘った後、日本へ密航する。猪飼野など大阪の工場で働き、日本共産党、在日朝鮮人団体などで政治運動に参加する傍ら、日本語での詩作を始める。一九六〇年頃より運動からは離れ、絶対に流暢にはならないと決めた日本語での詩作を通して、社会からかえりみられぬ人々とともに生き、詩を貫く強靭な思想を実践した。在日を生きる詩人とも言われる。一九七三年より兵庫県立湊川高等学校の教員となり、大阪文学学校にも関わる。詩集に『新潟』『猪飼野詩集』(「うた　またひとつ」収載)『「在日」のはざまで』『背中の地図』など、その他『朝鮮と日本に生きる』など著作多数。

なしの集団性と相結ぶ日本的抒情を捨て、郷愁と深く結びついた日本的情緒を振り払い、ある意味日本語を破壊するような、そして新しい日本語を創りだすような、破格の歌を生み出した人です。

たとえば、金時鐘の「うた　またひとつ」。

打ってやる。
打ってやる。
忙しいだけが
おまんまの　あてさ。

かかあに　ちびに
母に　妹だ。
口にたまる　釘の　汗を
吐いて　打って
打ちまくる。

日当の五千円

かせぐにゃ
十足打って
四十円。
ひまな奴なら
計算せい！

＊谺雄二　一九三二〜二〇一四年。東京生まれ。詩人。七歳のときにハンセン病を発病、療養所多磨全生園に入所、その後栗生楽泉園へ。家族も同病で亡くし絶望の底から「俺は鬼だ、国によって追いやられている鬼だ、人間に疎まれて桃太郎に征伐される鬼だ、鬼の顔で生きるんだ」と叫び、療養所内に詩人や思想家を招き入れ、社会と闘う文学を育てていった。また同時に、共産党党員として患者たちの人権を取り戻すための運動を続け、一九九九年にハンセン病違憲国賠訴訟の東日本原告団団長、後には全国原告団協議会会長となって闘いの先頭に立ち続けた。詩集『鬼の顔』、『ライは長い旅だから』、『知らなかったあなたへ　ハンセン病訴訟までの長い旅』などの著作をもつ。詩「死ぬふりだけでやめとけや」は一九六四年に療養所の詩人たちによる詩誌『らい』に発表された。谺の死去の直前に刊行された『死ぬふりだけでやめとけや　谺雄二詩文集』は詩、評論、エッセイ、インタビューなどで構成され、谺の生涯の闘いを全貌を一冊にまとめたもので、姜は最晩年の谺と深く関わりながら本書の編纂にあたった。

打って　運んで
積みあげて
家じゅうかかって　生きていく。
日本じゅうの　ヒール底
叩いて　打って
めしにするのだ。

これは、大阪・猪飼野の在日朝鮮人の家内工業、サンダル工場の打ちまくる暮らしの情景を歌ったもの。もちろん彼らが打っているのはサンダルの底ともかぎりますまい。打っている彼らの命が、いつもなにかにめった打ちにあっているのも言うまでもありますまい。

あるいは、徊雄二の「死ぬふりだけでやめとけや」。

ぢいさまが　死んだとォ
　カン　カン　カン　カン　鉦たたけ
きのうも　きょうも　山ふぶき
ひる　だかよう　よる　だかよう

この尾根の　哭《な》きあれる　日に
喰わなく　なって　唄わなく　なって
　オレたちの　ぢいさまが　死んだとォ

〈ふゥるゥさァとォわァ　いィずゥこォ〉
　オレたちの顔を　打ち　骨　凍らせて
この尾根に　もえたつ　白の　山ふぶき
妙な唄　だったぜ
　念仏みてェに　くりかえしたぜ
一ふしだけの　ライの　ブルース
　カン　カン　カン　カン　鉦たたけ

ここは　にっぽん　ライの尾根
　ぢいさまは　クニを追われて　四十年
どこの　生まれか　妻子は　あってか
　だァれも　知るもの　いやしねェ
　ライに　かかって　いちどは　死んで
きょうまた　死んで　どうなさる

声が思わずこぼれる、こぼれでた声が歌になる詩

　ぢいさま　このつぎァ　どこで死ぬ
カン　カン　カン　カン　鉦たたけ
　どうせ　行き場が　ねェんなら
ぢいさまよォ　死ぬふりだけで　やめとけや
オレたちが　この世から　滅べば
　汚点《しみ》が消えたと　笑うやつらが　いる
笑わせて　たまるか　生きてやれ

　国を売るのも　そいつらだ
　この尾根に　オレたちを　追い立て
オレたちの　首を　しめつけ
ぢいさまの　眼と　手指を
　その唄と　いのちを
　　にぎり潰した　チュクショウめらだ
カン　カン　カン　カン　鉦たたけ
　そいつらの　素ッ首　かならず　刈る

ふぶき　やまなきァ　やむ日まで
よるが　明けなきァ　あけるまで
ぢいさまよォ　死ぬふりだけで　やめとけや

鉦　うち鳴らし　奪われた　いのち
にっぽんの　ライ　オレたちの
〈ふゥるゥさァとォ〉を　とりもどせ
カン　カン　カン　カン　鉦たたけ

死ぬふりだけでやめとくどころか、死んでも死なないぜとうそぶく声がこだまする、おれらは死んでも歌いつづけるんだぜとにやりと笑う、見えない島の、ライのブルース、踏みにじられた命の底から放たれる鳥肌モノの谺雄二の歌。

金時鐘も、谺雄二も、いわゆる日本の歌じゃない、日本の抒情じゃない、でも、彼らの歌は歌えるでしょう？

彼らの詩はただ黙々と読むのではなく、歌う詩。

たったひとりで詩集を開いて、その言葉を目で追えば、声が思わずこぼれる、こぼれでた声が歌になる詩。

声が思わずこぼれる、こぼれでた声が歌になる詩

こんな詩を詩人が口ずさみ始めたなら、その場に一緒にいるならば、「打ってやる、打ってやる」「吐いて打って打ちまくる」と、きっと思わず声を合わせてしまいそうです。「死ぬふりだけでやめとけや」「カンカンカンカンカン　鉦たたけ」と、明るくともに言い放ってしまいそうです。

というわけで、五郎さんのシング・アウト、シング・アロングの滋味豊かな話を、私なりに咀嚼して、消化して、血肉にした結果が、今回のこの手紙になったのでありました。うん、つながっている、われらの歌は、群れることなくつながっていると、なんだかうれしい心でありました。

手紙を書きながら、ひそかに口ずさむはこの言葉。

ぼくらは　腰まで　泥まみれ　だがバカは叫ぶ　進め
ぼくらは　腰まで　泥まみれ　だがバカは叫ぶ　進め
ぼくらは　腰まで　首まで　やがてみんな泥まみれ
だがバカは叫ぶ　進め！

そうなんですよねぇ、バカはほんとにバカのひとつ覚えでただ叫ぶばかりなんですよねぇ、

条件反射の哀しいパブロフのイヌみたいにねぇ、日米の戦争屋の忠犬のあのポチみたいにねぇ……。

二〇一八年四月十五日

*きのう国会前に行けなかったのが少し悔しい

姜信子

＊きのう国会前に行けなかった　森友学園への国有財産売却をめぐる不正に当時の首相安倍晋三とその妻が関わっている疑惑をめぐり財務省で公文書改竄が行われた「森友学園問題」と、加計学園グループの獣医学部新設にあたり学園長の友人であった安倍首相によって特別な便宜が図られたとされる「加計学園問題」、および閣僚たちの数々の不正とその隠蔽、憲法九条改正の動きなどに抗議し、二〇一八年四月十四日、安倍政権退陣を迫る大規模な集会が国会議事堂前で行われた。

第8信 中川五郎 から 姜信子 さんへ

Ballad、行く行く人々の胸郭に何をたたきこみたいのか

＊川崎洋　一九三〇～二〇〇四年。東京生まれ。詩人。茨木のり子らと詩誌『櫂』を創刊。ラジオドラマの脚本家としても活躍した。絵本や作詞も手がけ、難解さを排した作品が多くの人に愛された。詩集に『はくちょう』『ビスケットの空きカン』、絵本『それからのおにがしま』、随筆『かがやく日本語の悪態』など。『言葉遊びうた』『埴輪たち』は、ともに思潮社刊。中川の『25年目のおっぱい』は一九七六年にリリースされたサードアルバムで、二〇一三年にデジタル・リマスター盤CD発売。『また恋をしてしまったぼく』は一九七八年にリリースされた四枚目のアルバム。二〇一二年、デジタル・リマスター版CD発売。

＊中野重治　一九〇二～一九七九年。福井県高椋生まれ。作家、詩人。プロレタリア文学運動に参加、共産党に入党して一九三二年に投獄されるが、転向、すなわち共産主義思想を捨てることを条件に出所する。戦後、再び共産党に入党して参議院議員も務め、文学者としては民主主義文学運動を押し進める。政治思想的な変転と抗いを詩や物語の作品に昇華した。小説『歌のわかれ』『むらぎも』ほか、評論、随筆ふくめ著書多数。

姜信子さま

「歌と逆に。歌に。」という小野十三郎の言葉について、そして「叙情」について、姜信子さんのお手紙でのさまざまな考察を読ませてもらっているうち、ぼくの中に浮かび上がってきたのは*川崎洋という詩人が書いた「歌　*中野重治へ」という詩でした。

川崎洋はぼくの大好きな日本の詩人の中の一人です。一九七〇年代中頃には、「祝婚歌」や「動物たちの恐ろしい夢のなかに」といった彼の詩に曲をつけて、ライブでよく歌ったり、レコーディングもして、その頃に作ったアルバム*『25年目のおっぱい』や*『また恋をしてしまったぼく』に、それぞれ収録しました。

「歌　中野重治に」は、「現代詩手帖」の一九九九年五月号で発表され、その後二〇〇〇年三月に思潮社から出版された詩集『言葉遊びうた』に収められました。川崎洋は二〇〇四年に七十四歳でこの世を去っていて、『言葉遊びうた』は晩年の作品ということになります。その詩集の後、二〇〇四年には『埴輪たち』という詩集が出版されました。

川崎洋の「歌　中野重治に」は、こんな詩です。

歌　中野重治に　　川崎洋

おまえは歌え
おまえは赤まゝの花やとんぼの羽根を歌え
風のさゝやきや女の髪の毛の匂いを歌え
すべてのひよわなものに目をそそぎ
すべての嘘を悪とせず

すべてのアジテーションを疑え
すべての風情に敏感であれ
もっぱら正直のところを
腹の足しにならなくてもいいから
胸さきを突き上げてくるぎりぎりのところを歌え
たたかれたって決して消えない歌を
時流に反しようがかまわず
それらの歌々を
咽喉をふくらまして美しい韻律に歌いあげよ
それらの歌々を
行く行く人々の胸郭にそそぎこめ

言うまでもなくこの詩は、中野重治が一九四七年に発表した『中野重治詩集』の中に収められている有名な詩「歌」の替え歌というか替え詩です。もちろん詩のタイトルもそのことをはっきりと伝えています。そして中野重治のもと歌というか、もと詩の「歌」は、こんな詩です。

歌　　中野重治

Ballad、行く行く人々の胸郭に何をたたきこみたいのか

お前は歌ふな
お前は赤まゝの花やとんぼの羽根を歌ふな
風のさゝやきや女の髪の毛の匂ひを歌ふな
すべてのひよわなもの
すべてのうそうそとしたもの
すべての物憂げなものを撥《はじ》き去れ
すべての風情《ふぜい》を擯斥《ひんせき》せよ
もつぱら正直のところを
腹の足《た》しになるところを
胸先きを突き上げて来るぎりぎりのところを歌へ
たゝかれることによつて弾《は》ねかへる歌を
恥辱の底から勇気をくみ来る歌を
それらの歌々を
咽喉《のど》をふくらまして厳しい韻律に歌ひ上げよ
それらの歌々を
行く行く人々の胸郭にたゝきこめ

＊高浜虚子　一八七四〜一九五九年。愛媛県生まれ。俳人。子規と並び近代俳句の創始者のひとりと言われる。今日まで続く文芸誌『ほとゝぎす』を発展させ、『新歳時記』を編むなど俳句界に大きな足跡を残した。自身も二十万もの俳句のほか、小説や随筆など数多くの作品を発表した。「花鳥諷詠」は虚子の主要な俳句理論のひとつであるが、批判も多かった。

＊「あいちトリエンナーレ」の「表現の不自由展・その後」に関する一連の…　「表現の不自由展・その後」は、二〇一九年の国際芸術祭「あいちトリエンナーレ」における企画展のひとつで、公共の文化施設でタブーとされてきた作品が展示されたが、「平和の少女像」や「遠近を抱えて Part Ⅱ」が従軍慰安婦や天皇をモチーフとしていることを問題視する人々の過激な抗議や脅迫が殺到し、犯罪予告までが行われたことから、三日間の開催の後、展示中止となった。展示中止後も、名古屋市長による愛知県知事リコール運動が起こされるなど、芸術分野にとどまらない社会問題として大きな議論を呼んだ。

とても単純に、とても乱暴に言うなら、中野重治は一九四七年に「歌」で叙情を否定し、川崎洋はそれから半世紀、五十二年後の一九九九年に中野重治が否定した叙情を復権させようとしているように思えます。ただこの二つの叙情は同じものではなく、中野重治が否定したのはありきたりな、手垢のついた叙情、そして川崎洋が復権させようとしているのは、ありきたりではない、斬新な叙情なのではないでしょうか。もっと言うなら、中野重治が嫌悪して拒絶したのは、政治や社会から目をそむけるための叙情、政治や社会を忘れるための叙情で、川崎洋が追求し復権させようとしているのは、政治や社会から目をそむけない、政治や社会と深く繋がった新しい叙情だと思います。それこそ「花鳥風月」だけを歌うことにこだわる叙情を中野重治は峻拒し、「花鳥風月」の世界に閉じ込められるのではなく、そこから飛び出すような叙情の可能性を川崎洋は探し求めているのです。

昔も今も変わることなく、叙情を歌おうと主張する動きは、文学や音楽、芸術に政治を持ち込むなという考えと簡単に結びついてしまうように思えます。このお手紙を書いていて、ぼくは一九二〇年代後半、昭和の初めに、*高浜虚子が主唱した「花鳥諷詠」のこと、すなわち俳句は自然やそれに伴う人事を叙景的に詠むのがいちばんだという理念、そしてその後一九四〇年代前半にその理念をもとに俳句に政治や社会を持ち込もうとした俳人たちを弾圧したこと、そしてそれからほぼ百年後、ごく最近の*「あいちトリエンナーレ」の「表現の不自由展・その後」に関する一連の騒動、それを巡るさまざまな主張、脅迫や弾圧、検閲のことなどを思い浮かべてしまいます。そもそも政治と無縁な表現などあるのだろうか、どんな表現も政治や社会と必然的に結びついている、叙情にこだわることや花鳥風月だけを詠もうとすることもまたそれこそ逆の意味で政治的なことになってしまうとぼくは考えてしまいます。

話がちょっと脱線し始めたようです。叙情とは辞書を引くと「自分の感情を述べ表すこと」と説明されています。叙情詩は「作者の感情や情緒を表現した詩」という説明です。そして叙情に相対する言葉は叙事で、こちらは「事実や事件を、ありのままに述べ記すこと」と説明されていて、叙事詩は「歴史的事件、英雄の事跡、神話などを題材に、民族または国民共同の意識を仮託した長大な韻文」となっています。これらはぼくの手元にある国語辞典『大辞泉』での説明ですが、何だか身も蓋もないというか、あまりにも素っ気なさすぎるようにも思えてしまいます。

英語では叙情詩は lyric、叙事詩は epic です。そしてぼくにとって興味深いのは、lyric という英語には叙情詩だけでなく歌詞という意味もあるということです。ぼくのように音楽の世界にいる人間にとっては、lyric、lyrics という英語を見れば、まずは歌詞という日本語を思い浮かべてしまいます。英語の lyric に叙情詩と歌詞の二つの意味があるということは、もしかして歌詞の多くは叙情詩的なものが中心だったということを証明しているのかもしれません。そして叙事詩の epic は、歴史的な事件などを題材にして綴られる長大な韻文ということになれば、これはなかなか歌になりにくいというか、歌詞にはならない詩だと言えそうです。

もちろん中野重治の「歌」もそれに立ち向かっているかのような川崎洋の「歌　中野重治に」も、叙情詩を否定して叙事詩を書こうと訴えているわけではありません。中野重治の「歌」は、政治や社会から逃避するためのありきたりの叙情詩の否定だし、川崎洋の「歌

Ballad、行く行く人々の胸郭に何をたたきこみたいのか

中野重治へ」は、叙情詩を通して政治や社会と向き合うことを訴えているとぼくには思えます。二人とも叙情詩の対極に叙事詩を置いているわけではないのです。

　ではぼくの歌の場合、今どんな歌詞をいちばん書きたいのか、どんな歌を歌いたいのかということになると、それは「感情を表現する」叙情詩と「歴史的な事件」を綴る叙事詩を重ね合わせたものということになります。何と無謀であつかましい試みでしょうか。

　歌の世界では、epic よりも叙事詩にもっとぴったりな英語があります。それは ballad です。短いメロディにのせて物語を延々と歌って行くスタイルです。ぼくが強い影響を受けたアメリカのフォーク・シンガーたち、ウディ・ガスリーやピート・シーガー、ボブ・ディランなどは、みんな ballad を歌っています。そしてこの ballad こそ、延々と、淡々と、歴史的な事件や過去の物語、あるいは今現在起こっているできごとを歌いながら、いつしかそこに歌い手の揺れ動く感情が入ってくる、すなわち叙事と叙情とが自然と結びつくもののように思えるのです。

「お前は歌ふな／お前は赤まゝの花やとんぼの羽根を歌ふな／風のさゝやきや女の髪の毛の匂ひを歌ふな」と「おまえは歌え／おまえは赤まゝの花やとんぼの羽根を歌え／風のさゝやきや女の髪の毛の匂いを歌え」という二つの呼びかけのはざまで、ぼくは今自分が何を歌おうとしているのか、歌ってはいけないことが何かあるのか、ひよわさを歌うとは何なのか、腹の足しになる言葉とは何なのか、行く行く人々の胸郭に何をたたきこみたいのか、ballad という「叙事叙情詩」の歌を作り続ける作業と格闘する中で、より深く自分の歌に迫って行

けそうな手応えを感じています。

二〇一九年八月二十二日
東八幡にて

中川五郎

第9信　姜信子から中川五郎さんへ

やるからには路傍の反骨！

やるからには路傍の反骨！

中川五郎さま

あれはいつだったでしょうか、武蔵小金井駅前の音楽ホールで五郎さんと久方ぶりに再会したのは、ええと、手帳をひっくり返してみれば、そうそう、去年の暮れ、武蔵小金井駅前、*ドキュメンタリー映画『獄友《ごくとも》』の音楽チーム大集合の〝冤罪音楽プロジェクトイノセンス〟クリスマスライブ！「真実・事実・現実あることないこと」の場でのことでした。

あの日、私は、〈旅するカタリ〉と称してともに歌と語りの旅をしている祭文語り渡部八太夫と一緒に、小室等さん、谷川賢作さん、李政美《イ・ヂョンミ》さんたちをはじめとするイノセンスバンドのライブを聴きに行って、確か、五郎さんの歌い語る「トーキング烏山神社の椎ノ木ブルース」も久しぶりに生で聴いたのでした。

あのころ、〈旅するカタリ〉は、今を生きる「説経祭文」（これを「今様祭文」という！）を目指して試行錯誤を重ねている真っ最中で、トーキングブルースを聴くうちにハッと気がついたんです。あれ、五郎さんと私たち、おんなじことをやってるぞ！　そのうえ、さらに気がついた。五郎さんのギターのじゃかじゃか、これって現代日本語の語りを乗せるにはかなりいいんじゃない？

この事件（！）について、説明しますね。

そもそも、八太夫が演じている「説経祭文」という芸能は、日本の語り芸の源流にある仏教系の「説経」、そして山伏系の「祭文」が江戸の後期に合体したものです。「説経」とはもともと日本の神や仏の由来（縁起）を人々に語って聞かせるものでした。「祭文」もまたもともとは祈祷の言葉です。宗教者であった山伏が山を下って芸能者へと変じていく過程で、「祭文」は錫杖をしゃらしゃら鳴らして歌い語る「物語」という意味を持つようになっていきます。芸能者になった山伏というのは、山伏の恰好をしたいかがわしさ漂う遊芸の民というふうに言ってもいいでしょう。

この遊芸の民は、祭文と称しつつ、歌い語る物語の題材の多くを「説経」から取ってきていたんです。たとえば、「山椒大夫」「小栗判官」「信徳丸」「石堂丸」「信太妻《しのだづま》」というような物語を。もう今の日本では忘れられた物語ばかりだけど、少なくとも昭和の初めくらいま

＊ドキュメンタリー映画『獄友』の音楽チーム…『獄友』は、冤罪被害者として人生の長い時間を獄中で過ごした「布川事件」の桜井昌司、杉山卓男、「足利事件」の菅家利和、「狭山事件」の石川一雄、「袴田事件」の袴田巖の五人の交流を追うドキュメンタリー。二〇一八年三月公開。この作品のほか『SAYAMA みえない手錠をはずすまで』『袴田巖 夢の間の世の中』を含む金聖雄監督の冤罪三部作をきっかけに、冤罪で苦しむ人たちを歌を通じて応援しようと中川五郎を含む二十七人のミュージシャンが参加する「冤罪音楽プロジェクト イノセンス」が立ち上げられた。「真実・事実・現実あることないこと」はこのプロジェクトのテーマソングでもある。小室等はフォークシンガー、谷川賢作は作曲家・編曲家・ピアニスト、李政美は歌手。

ではそれは日本人共有の物語群でした。ギリシャの「オデュッセイア」とか「オイディプス」とか「イリアス」とかと同じように、日本の物語の祖型でもあるような物語群でもありました。

そして、これらの物語は、道をゆく遊芸の民とその芸に触れる庶民が、大きな力をもつ者たちに賤しめられながら、踏みつけられながら、痛めつけられながら、嘆きながら、ときにはやり返しながら生きていく、その思いの器となって大いに語られてきたものでもありました。それはまるで生き物のように、語られるたびに新たな命が吹き込まれるものでもありました。なにより、物語が語られる「場」は、そこでは浮世の権力などは無化される、その意味での*「無縁」の場でもありました。どうやら、昔は、遊芸の民の放つ声とともに、あちこちにそんな「場」が無数に現れては消えていたらしい。そんな想像を繰り広げるだけでも、私はかなり胸がどきどきします。

ともかくも、このようにして語られていた「説経」を、山伏姿の祭文語りが歌い語ることで、「説経」と「祭文」が合体して、「説経祭文」という芸能が江戸の後期に新たに生まれて、それはその当時にあっては、生き生きとした旬の芸能でもあったわけです。しかも「説経祭文」は、錫杖ではなく、三味線の調べに乗せて語られた。もちろん当時すでに普通に、近松門左衛門作の人形浄瑠璃なんかは三味線の調べに乗せて義太夫節で語られていましたよ。その義太夫全盛の時代にあって、「説経祭文」は、錫杖ひとつで歌い語られていた路傍の芸が「おおっ、三味線使ったら、もっとかっこよくなるじゃん！」みたいな勢いでいきなり人気を博したニューウェイブだったんです。そこには、五郎さんたちがギターを手に反骨精神でフォーク・ソングを歌いはじめたころのような熱気もあったかもしれません。

その「説経祭文」を、今この時代に、今を生きる祭文語りが歌い語るということの意味を私たち〈旅するカタリ〉は、ここ数年考えつづけてきました。

よくよく考えれば、本来「説経祭文」という芸能の命は、賤しまれ、踏みつけられ、痛めつけられている者たちの魂とともにありました。それこそが「説経祭文」の醍醐味でしょう。なのに、それを東京都無形文化財だとか、保存されるべき伝統芸能の枠のなかに収めて、伝承された型通りに三味線を弾き、歌い語ることなんて到底できません。

やるからには路傍の反骨！　それしかないじゃないですか！

明治維新このかた、消され続けた〈無縁の場〉を、素知らぬ顔して再びあちこちに開いて

＊「無縁」の場　無縁はもともと村社会や寺社から切り離された場所や状態を指す言葉だが、中世日本の研究者網野善彦が著書『無縁・公界・楽』において、世俗から切り離された特殊な空間で権力からの自由や平等が確保され、いきいきとした人間性が発揮されていたことを指摘し、その概念を捉え直した。また、権力の及ばないそのような自由なエリア、聖域はヨーロッパや中国でもアジール等と呼ばれる特別な場として歴史的に社会内に確保されていたことも指摘された。

やるからには路傍の反骨！

いく！　これほど愉快なことはないでしょう？

　明治百五十年、くそくらえ！

　でも、どうやって？

　そこのところで、わたしたち〈旅するカタリ〉は足踏みをしていたんです。昔ながらの「説経」を語るための、昔ながらの三味線の節は、祭文語り八太夫の技の引き出しのなかに沢山あったけれど、三味線で今を語る言葉、今を歌う調べを掴みあぐねていたんですね。

　そんなときに、『獄友』〃冤罪音楽プロジェクトイノセンス〃クリスマスライブ！で五郎さんと再会したというわけです。

　それは、この手紙のやりとりが始まって以来、初の再会だったのではないでしょうか。

　五郎さんの歌う、関東大震災直後の朝鮮人虐殺をめぐる史実の唄、美談で覆い隠された事実をギターのシンプルなコード進行に乗せて語ってゆく「トーキング烏山神社の椎ノ木ブルース」は、思えば、シンプルな三味線の節で物語を歌い語る*瞽女唄《ごぜうた》を髣髴とさせるところもありました。それと同時に、路傍の芸能はその時代時代の流行りを貪欲にばりばりと喰らって我がものにしてきたからこそ、エネルギーに満ち溢れていたわけで、そうだよ、五郎さんの歌い語りのスタイル、盗ませていただきます！　ということになったのでありました。

　実はね、ちょうどそのころ、*壺井繁治の書いた震災の記録「十五円五十銭」をなんとか今様祭文に仕立てようと悪戦苦闘中だったのです。

　五郎さんのトーキングブルースを聴いたときの衝撃を、祭文語り八太夫は自身のブログに、こんなふうに書いています。

昨年十二月に、正月用の「トック（韓国の餅）」を買いに新大久保の韓国広場に出かけた。その時、立ち寄った「高麗博物館」で出会ったのが、壺井繁治氏による詩「十五円

＊瞽女唄　盲目の女性が糊口をしのぐために三味線を抱えて旅をし、家々をまわって歌い、僅かな報酬を得ることが広く行われ、彼女らは瞽女と呼ばれた。

＊壺井繁治　一八九七〜一九七五年、香川県生まれ。岡本潤らとアナーキズム詩誌『赤と黒』を発刊し、中野重治らによる芸術運動「日本無産者芸術連盟」に参加する。その後、マルクス主義に傾倒して何度か投獄された。戦後は中野重治、宮本百合子らと「新日本文学会」を創立し民主主義の文学を目指す。詩集『頭の中の兵士』などがある。『二十四の瞳』で知られる壺井栄は妻。

＊折口信夫　一八八七〜一九五三年。大阪生まれ。「マレビト」概念など「折口学」と総称される思想体系を創り出した民俗学者。著書に『古代研究』『死者の書』（小説）、『日本芸能史六講』など。歌人・釈迢空《しゃくちょうくう》として歌集も著した。

やるからには路傍の反骨！

五十銭」だった。関東大震災の時に起こった朝鮮人虐殺事件は、＊折口信夫氏の＊「砂けぶり」で知ってはいたが、それにくらべると長編である「十五円五十銭」は、語りに仕立てることができるかもしれないと感じてコピーをいただいてきた。

しかし、これがなかなかうまくいかない。そうこうしているうち、十二月二十五日の獄友イノセンスのクリスマスコンサートに出かけたが、ここで、改めて中川五郎氏の「千歳烏山ブルース」（？題名が違うかもしれません）に遭遇。同じく、朝鮮人虐殺の歌である。ビデオでは見ていたのだが、やっぱり生の衝撃は強烈。これに触発されて、というか、ぶったたかれて、大晦日から歳越しで、「十五円五十銭」に取りくんだ。

こうして完成した今様祭文「十五円五十銭」。語りやすいように原作に少しばかり手を入れて、こんな風になりました。長いので、途中を端折りつつ、ご紹介します。

あ、それから、もうご存知のことと思いますが、「十五円五十銭」というのは、震災当時に自警団が怪しい者を捕まえては言わせた朝鮮人あぶりだしの言葉です。「チュウゴエン、コジュッセン」と言ってしまったら、もう殺される恐ろしい言葉。

十五円五十銭　　壺井繁治原作　一九四七年

渡部八太夫　編　　平成三十年十二月三十一日

節付　平成三十一年一月二日
補綴　平成三十一年一月二日

姜信子

一九二三年九月一日　正午二分前の一瞬
地球の一部分が激しく身震いをした
関東一帯を揺すぶる大地震
この災いを誰が予知したであろう
この呪文を誰が最初に唱えたのだろう
♪十五円五十銭　♪十五円五十銭

＊**「砂けぶり」**　関東大震災発生直後、沖縄探査から横浜港に帰港した折口は、東京・下谷の自宅まで歩いて帰る途中で、「朝鮮人が井戸に毒を入れた」などのデマを信じた人々による朝鮮人虐殺を目の当たりにする。その体験を翌年の六月に「砂けぶり」、八月に「砂けぶり　二」として発表し、その中で「朝鮮人になつちまひたい気がします」「おん身らは　誰をころしたと思ふ。／かの尊い　御名において―。／おそろしい呪文だ。／万歳　ばんざあい」などと書いた。近年の歴史修正の動きに抗する確固たる表現として再び注目を集めている。

やるからには路傍の反骨！

（中略）
前後不覚の深い眠りから、僕を揺り起こしたのは、あの地震だった
僕が目を醒ました時、既に部屋の壁は音を立てながら崩れ落ち
如何ともし難い力をもって、僕の全感覚に迫って来た
僕を支えるものは、ガタガタと激しい音を立てて左右に揺れ動く柱だけであった
その柱につかまりながら感じたことは……
もうおしまいだ　只それだけの絶望感
♪十五円五十銭　♪十五円五十銭
（中略）
僕は、その夜、上野の山で一夜を明かした
どちらを眺めても、東京の街は
いつ消えるとも知れぬ火の海であり
とめどなく広がっていく火事を眺めていると
あまりに強い火の刺激で頭がしびれて来た
ああ、火だ……火の海だ
この火事が納まらぬうちに早くも　流言蜚語が市中を乱れとんだよ
横浜方面から朝鮮人が群れをなして押し寄せてくるぞぉ
目黒競馬場あたりに不逞鮮人が三四百人も集まって不穏な気勢をあげている

鮮人が井戸に毒物を投げ込んでいるから警戒しろお
♪十五円五十銭　♪十五円五十銭
これらの噓は、如何にも誠しやかに
人から人に伝えられていった
牛込の友の下宿を尋ねた時
そこでも、その噂で持ちきりだった
人々は、只、街中を右往左往
このすさんだお祭り騒ぎを支配するものは
銃剣をもって固められた戒厳令であった
「コラッ、待て」
驚いて振り返ると、銃剣を担いだ兵隊が
「貴様、鮮人だろ」
と、詰め寄って来た
なんと僕は、その時、長髪にルパシカ　異様な風体であった
自分の姿にはじめて気づいて、愕然とした
「ああ、いえいえ、日本人です。日本人ですよ」
こんな所にウロウロしていたら命が危ないぞ
♪十五円五十銭　♪十五円五十銭

するとラッパの音を先頭に
騎兵の大集団が行進して来る
音羽八丁を埋め尽くす騎兵隊今にも市街戦が始まるように殺気立ち
更に、殺気を添えたのは、辻々の張り紙だ
「暴徒アリ　放火掠奪ヲ逞シュウス　市民各位　当局ニ協力シテ　コレガ鎮圧ニ　努メラレヨ」
流言蜚語の火元がどこであったのかを僕は初めて確認した
それは、警察の掲示板に貼ってあったのだ
♪十五円五十銭　♪十五円五十銭
（後略）

〈旅するカタリ〉は、このあと、ますます調子に乗って、五郎さんの許可をいただいたうえで、ついに今様祭文「腰まで泥まみれ」を創るにいたるわけです。

ながなが書きました。でも、お伝えしたかったことはとてもシンプルです。

一見、別々の道筋をたどりながら、気がつけば、私と五郎さんは同じ地平を旅していたということです。

五郎さんにとってのballadが、私にとっての説経祭文だったということです。

これは、初めて五郎さんに会ったときには思いもしていなかったことで、そもそも私の

〈旅するカタリ〉は、初めて五郎さんに手紙を送ったあのときに始まったばかりであったのであって、そのときには自分がどこに行ってしまうのか、実のところ、まったくわかっていなかったのでした。

いまこうして、五郎さんと出会い直したことは、私にとっては大きな喜びです。

姜信子

二〇一九年十月七日
旅先の宿で

第10信　中川五郎から姜信子さんへ

地べたをさすらう語りの旅へ

＊一九六八年のメキシコシティ・オリンピック… 陸上男子二百メートル決勝で一位トミー・スミス、三位ジョン・カーロスのふたりのアフリカ系アメリカ人は、表彰台で下を向きながら黒い手袋をつけた拳を高く掲げ、黒人差別に抗議する「ブラック・パワー・サリュート」を行った。これによって彼らはナショナルチームから除名、スポーツ界から追放された。さらに、そのときの銀メダリストであった白人選手、オーストラリアのピーター・ノーマンは、ふたりを支持したことを非難され、結果的に選手生命を絶たれることになった。中川五郎は、彼のその後の苛酷な人生を「ピーター・ノーマンを知っているかい？」という二十五分の長大なバラッドにして歌っている。

姜信子さま

姜信子さんが祭文語りの渡部八太夫さんと組んでやり続けている、江戸時代の後期に始まった「説経祭文」を今を歌い今を生きる「今様祭文」へと繋げる〈旅するカタリ〉の試みと、一九六〇年代のアメリカのフォーク・ソングの影響を受けてやり始め、そこから日本のフォーク・ソング、日本のバラッドと呼べるものを作り出そうとするぼくの試み。遠くかけ離れたように思える二つの試みが、実は同じ地平を旅していて、そしておそらくはお互いにとても近いというか、それこそ同じ一つのと言ってもいいようなゴールを見つけ出そうとしてい

地べたをさすらう語りの旅へ

る。姜さんにいただいたお手紙を読んでぼくはとても嬉しい気持ちになりました。ほんとうにルーツや表現のかたちは違っていても、ぼくらはおんなじことをやっていたんですね。

説経祭文で歌い語られる物語は、道をゆく遊芸の民とその芸に触れる庶民、すなわち持たざる者たち、虐げられる者たちの思いの器となっていたと姜さんは書かれています。そして語られるたびにまるで生き物のように新たな命が吹き込まれ、物語が語られる「場」は、浮世の権力などは無化される「無縁」の場でもある、とも。

〈旅するカタリ〉の今様祭文は、「山椒大夫」や「小栗判官」など、もともと語られていた原点から始まり、試行錯誤を重ねるうち、遂には壺井繁治の詩「十五円五十銭」が語られたり、ぼくが半世紀前から日本語にして歌っていたアメリカのフォーク・シンガー、ピート・シーガーのフォーク・ソング「腰まで泥まみれ」までもが語られるようになっていったんですね。

ぼくの日本のバラッドへの試みに関しても、ウディ・ガスリーやピート・シーガー、ボブ・ディランなど、アメリカのフォーク・シンガーたちの典型的なバラッドを聞き込むことから始まり、その精神や姿勢、やり方を学び、試行錯誤を繰り返すうち、関東大震災の時の自警団などによる朝鮮人虐殺や同じ時に大阪で集団リンチに遭いそうになりながらも日本人に助けられた朝鮮人の若者のこと、あるいは*一九六八年のメキシコシティ・オリンピックの表彰式でブラック・パワー・サリュートをして黒人差別に抗議したアメリカの二人の黒人選手を支持したオーストラリアの白人選手のことなどを、「今」の「日本」の物語として歌うようになっていったのです。

そして今、ぼくが次の「日本のバラッド」としてやろうとしていることがあります。それはドイツの詩人、＊ベルトルト・ブレヒトが一九三八年に書いた詩「An die Nachgeborenen」を、アメリカのフォーク・ソングから学んだバラッドというか、トーキング・ブルースの形式で歌うことです。八十年以上も前にドイツで書かれたブレヒトの詩が二〇二〇年の今の日本に重なるように思えるからです。この詩は「のちの時代のひとびとに」という邦題がつけられ、野村修さんがドイツ語から見事な日本語に翻訳されていますが、

＊ベルトルト・ブレヒト　一八九八〜一九五六年。ドイツ・アウクスブルク出身。劇作家、詩人、演出家。代表作に『三文オペラ』『肝っ玉おっ母とその子供たち』『ガリレイの生涯』など。できごとを客観的・批判的に見ることを観客に促す「叙事的演劇」を提唱。「異化効果」などさまざまな演劇理論を生み出し、演劇界に大きな影響を与えた。

＊トム・クーンとデヴィッド・コンスタンティンが…　トム・クーンはイギリスのドイツ文学者、デヴィッド・コンスタンティンは作家。共著によりブレヒトの英訳詩集『Love Poems』を刊行している。

ぼくは*トム・クーン（Tom Kuhn）とデヴィッド・コンスタンティン（David Constantine）がドイツ語から英語に訳した「To those born after」を自分なりに日本語に訳して、それに曲をつけて歌おうと考えています。詩の最初の部分はこんな感じです。

まさに、わたしが生きているのは暗い時代だ！
嘘八百を信用しろと言われる。額に皺を寄せていないのは
感受性のかけらもないから。馬鹿笑いしている者は
まだ何も聞いていないからだ
恐ろしいニュースを
今は何という時代なのだ、木々について
お喋りしていると
まわりに満ち溢れている悪事に見て見ぬふりをしていると
まるで何か罪を犯しているかのように咎められる！
口を閉ざしたまま通りを歩く者は
苦境にいる仲間のことに
思いを寄せたりはしないのだろうか？

〈旅するカタリ〉の渡部八太夫さんが三味線の調べに乗せて語る今様祭文、そしてぼくがア

コースティック・ギターをかき鳴らしながら語る日本のフォーク・ソング、ぼくらがやっているおんなじこととは、人前に出ていって、自分の伝えたい物語を、自分の伝えたい思いを、自分の声で伝えることです。

乱暴な言い方になってしまいますが、物語を伝える時、その表現方法は大きく二つに分けられると思います。溢れ出る言葉を声で伝えるのか、文字で伝えるのか。そしてぼくらの選んだ表現方法は、文字ではなく声、活字ではなく響き、声の調子やそれに寄り添う、あるいはそれの支えとなる楽器の音色やリズムによってなのです。

＊玉川奈々福　神奈川県横浜市生まれ。浪曲師。一九九五年、二代目玉川福太郎に曲師として入門。二〇〇一年より浪曲師として活動。浪曲とは、祭文などから派生して明治期に生まれた三味線とともに演じられる語り芸。古典のほかオリジナルの新作浪曲、浪曲イベントのプロデュース、海外公演等に取り組み、浪曲に新たな息を吹き込む。二〇一九年、第十一回伊丹十三賞受賞。

＊安聖民　一九六六年、大阪市生野区生まれ。在日三世。パンソリ唱者。一九九八年、韓国に渡り、伝統芸能パンソリを修業。二〇一六年、韓国の国家重要無形文化財第五号履修者に認定された。パンは広場、ソリは声を意味し、太鼓（ソリブッ）に合わせて歌い物語る語り芸。

地べたをさすらう語りの旅へ

ここで姜信子さんが二〇一八年の春にぷねうま舎から上梓された『現代説経集』で書かれていたことを思い出しました。かもめ組について書かれているところです。二〇一二年、浪曲師*玉川奈々福さん、パンソリ唱者の*安聖民《アン・ソンミン》さん、そして物書きの姜信子さんの三人で始まったかもめ組。これもまた〈旅するカタリ〉、もう一つの〈旅するカタリ〉、あるいは〈旅するカタリ〉の始まりと呼んでも間違いではないですよね？

その本の「かもめ組創成記　千年の語りの道をゆく」という章の中で、姜さんは文字で声を追うようになると人は命が見えなくなる、文字の論理につぶされた目には神は見えない、と書かれています。文字に縛られていることの息苦しさ、そして声をあげれば何かが兆す、人が歌い語るのは、命に繋がるため、繋がってこそはじまる命の、そのはじまりをくりかえしこの世にもたらす言霊を放つこと、すなわち文字ではなく声で伝えることについて。そして自分は歌うように書きたい、惑って、彷徨って、ぽろぽろと行間からこぼれ落ち、漂いだす白骨の文字で書きたいと。

姜さんは自分のことを物書きとおっしゃっていますが、〈旅するカタリ〉の時は文字を紙に書きつけることではなく、言葉を、その言霊を、声や音として目の前にいる人たちに向かって放っています。実際にその言葉を歌い、三味線を弾いているのは渡部八太夫さんですが、八太夫さんが今様祭文を歌っている時、言葉や言霊を捉えた姜さんも八太夫さんと一緒に歌っているのです。〈旅するカタリ〉の姜さんも八太夫さんも、共に歌うように書き、書くように歌い、その時紙ではなく目の前の空間の中に書きつけられた言葉は、紛れもなく白骨の文字になっているとぼくには思えます。

書かれるのではなく、語られ歌われる言葉。文字で読み取るのではなく、声や音で聞き取る言葉。本で手渡すのではなく、音で伝える物語。受け取る側からすれば、本で読むのではなく、耳で聞く物語。その表現のすごさや面白さ、難しさや厳しさ、そして奥深さや果てしなさは、やればやるほど痛感させられます。

これはぼくの勝手な思い込みかもしれませんが、声で伝えるよりは文字で伝える方がより優れた表現だと考えている人たちが少なからずいるように思えます。耳で聞くよりは目で読む表現。うんと乱暴に言ってしまえば、歌よりも本、オーラルな表現よりも活字での表現。

そういえばもう三年以上も前のことになってしまいますが、二〇一六年十月にボブ・ディランがノーベル文学賞を受賞した時のぼくの周囲での反応というか、大騒ぎを思い出します。素晴らしいと大喜びした人たちもたくさんいましたが、同じほど多かったのが、「どうして歌にノーベル文学賞?」、「歌手なんかがどうしてノーベル文学賞をもらうんだ?」という否定的な、皮肉な、どこか見下したような反応でした。文学の定義はさておくとして、そういう人たちにとってはボブ・ディランが歌う歌が文学だとは認められず、文学とは印刷されて本になっているものだという固定観念が強くあったのだと思います。

しかもボブ・ディランがノーベル文学賞を受賞したことを喜び歓迎する人の中にも、ディランは歌詞がすごいから、歌詞が文学だから文学賞に選ばれたんだ、フォークやロックの歌詞が遂に詩として、文学として認められたと勝手に決めつける人たちもたくさんいたのです。

地べたをさすらう語りの旅へ

しかしその年、ボブ・ディランにノーベル文学賞を授与したスウェーデン・アカデミーのサラ・ダニウス事務局長は、ディランが選ばれた理由として、「偉大なアメリカの歌の伝統の上に新たな詩的表現を作り出した」ということを挙げ、「ディランの詩は耳で楽しむもの、ホメーロスやサッフォーの時代から詩はもともと楽器とともに聞かれるものだった」と、正しい理解と認識を示したのです。

つまりノーベル文学賞に値すると判断されたのは、ボブ・ディランの書いた言葉、歌詞、詩ではなく、それらに彼がメロディをつけ、リズムに乗せ、ギターやピアノを弾きながら、声に出して歌う歌そのもので、それが優れた文学だということだったのです。

だからといって歌の方が活字や本よりもずっと素晴らしいなど言うつもりは、ぼくはまったくありません。そんなことをすれば本は歌よりも上なんだと決めつけていた人と、立場を変えて同じことをやっていることになってしまいます。それぞれがそれぞれに素晴らしい、近くて異なる表現方法だとぼくは思っていますが、〈旅するカタリ〉の姜さんや八太夫さん、そしてぼくは、声で伝える物語のすごさや面白さ、そのパワーや魅力に今夢中になっていて、その方法をもっと先へ先へと推し進めていこうとしているだけなのだと思います。

これまでぼくは〈旅するカタリ〉の姜信子さんと渡部八太夫さんのライブを何度か見に行き、姜さんと八太夫さんもぼくのライブに何度か足を運んでくださいました。みんなで一緒にお酒を飲む機会にも何度も恵まれました。〈旅するカタリ〉の姜信子さんと渡部八太夫さん、そして一九六〇年代中頃にアメリカのフォーク・ソングに出会ってからずっと一人で歌い続けてきたぼく、今様祭文と日本のバラッド。スタイルこそ違え、声で物語や思いを、言葉や言霊をどこまでも遠くまで届けようと試み続けているぼくたちは、二〇二〇年二月の今、新たに一座のようなものを組んで、ひたすら地べたをさすらう語りの旅に出ることを真剣に考えてもいいのではないでしょうか。

新たな旅の始まりの予感を感じています。

中川五郎

二〇二〇年二月一日

姜信子

手紙は忘れたころにやってくる

お互いに旅にばかり出ているものだから、私たちふたりの手紙もまた遠い旅をしてやってくるようなのでした。

それは、もちろん、私と五郎さんの間を手紙が行き交う、あのゆったりとした時間の流れから湧き起こる感覚でありましょう。同時に、いまあらためて、四年前に私が五郎さんに宛てた手紙を読みかえすうちに、私が五郎さんに向けて送りだしたはずの手紙が、長い旅を経て私のもとにも届いたかのような心持ちになりました。

「ねえ、覚えてる？　あのころのあの気持ち」

四年前の手紙からそんな囁きを聞いたような気もして、ハッとしました。

人間はどんな大事なことでも忘れる動物、どんな理不尽にも慣れてしまう生き物だということはよく知っているつもりではあったのですが、気がつけば、確かに私はどんどん忘れて、どんどん慣れていっている。

あの熊本地震直後の、日常と非日常の間を不穏に揺れてざわめいていた心はどこに行ってしまったんだろう。

熊本地震よりさかのぼること五年、東日本大震災があらわにした、この社会の無惨な仕組み――大きな声が小さな無数の声を封じ、権力をまとった欲望が命を踏みにじり、生産性の名の下にひとつひとつの命に名があることも忘れられていくという無惨――に憤ったあの激しい心はどこに行ってしまったのか？

「場」を開け、遊べ、頭の上のカミサマと一緒に歌い踊れ、というナミイの教えを叩きこんでいたはずの、この心身の緩み具合はどうしたものか？

命は「水」のようにぐるぐるとこの世をめぐってつながっているものだ、という瑞々しいあの感覚は、温んで澱んでしまってはいないか？〈旅するカタリ〉は、抗う心・まつろわぬ魂の〈旅するカタリ〉であることに慣れて安心してしまっていたのではないか。抗いもそれが日常になれば、そういうものとして社会のなかに取り込まれ、織り込まれていくものなのですから。

ああ、私、油断してたんだな、緊張感を失くしていたな、と思いました。なにより、こんなにも早く、一気にその時がやってくるとは思っていませんでした。

今は、コロナ自粛真っ只中。そして、現在進行形で、堂々と、あたかも国策であるかのように、文化・芸能の小さな「場」やそのささやかな担い手がどんどん潰されていっているところです。コロナによってではなく、コロナに便乗した〈権力×欲望〉によって、明治維新以来百五十年ぶりに、第二の大がかりな「神殺し」が繰り広げられているかのようです。いや、第二と言わず、これは繰り返し何度も繰り広げられては、私たちは繰り返し何度も慣らされて、慣らされたことすら忘れてきたことなのでしょう。

いま、ふたつの歌を思い出しています。

ひとつは、「鉱毒地鳥獣空魚被害実記」。いまひとつは「平和に生きる権利」。

「鉱毒地鳥獣被害実記」は明治三十一年（一八九八）に、*足尾銅山の鉱毒被害に遭っていた

手紙は忘れたころにやってくる

渡良瀬川流域の農村、足利郡吾妻村下羽田の農民庭田源八翁が書き記したもの。それはおそらく声を出しながら書いたものと思われます。読めば、語る声がそのまま文字から立ち上がってきます。そしてその声は、私にとって、この近代社会のはじまりのところで早くも一農民によって歌われた「終わりの光景」の歌なのです。（私はこの歌に、画家であり作家である司修さんが朗々と語る「声」をとおして出会いました。）

　下羽田の十二か月の自然の移り変わりのなかに息づく「命」たち——鳥獣虫魚草木——が死にゆき、人びとから忘れられていくさまを、源八翁は細かに歌うように語ってゆきます。たとえばこんなふうに。（これは黙読してはいけません。声に出して読んでみてください。）

小暑六月の節に相成りますと、田面《たのも》に　くぐ畦《あぜ》と申しまするがあります。青草生えて、太陽照らすも少しく薄く致しまする所、冬時には田の鼠が、稲穂を引くため冬籠りを致しまして、穴に、夏は田の水がわきませぬから、この穴へ鰌《ドジョウ》が百目も二百目も集まりまして、これを握り、取りまする。是れは暑さにより　取れましたもので御座ります。鉱毒以来、少しもなし。又、蟬《セミ》、蜻蛉《トンボ》、むかで、蝙蝠《コウモリ》等が多く居りました。蚯蚓《ミミズ》、もっとも土用におりません物なく、右の虫類の内にも、蟬にもいろいろ御座りました。カナカナカナカナと啼くのがあり、又、ヂウヂウヂウヂウと鳴くのがありました。また、ミンミンミンミンと申すもあり、また、ハアシンチコ　ハシンチコ　ハアシンチコ　ハアシンチコと啼くもありました。当今、十七八歳位、若年諸君、この蟬の種類をしる者少なし。又　蚯蚓は、一度、鉱毒の水を被りました所だけは、田畦でも田の畔《くろ》にても、一切居りません。

こんなふうに川が死に、土が死に、無数の鳥獣虫魚草木の死に絶えゆくさまを源八翁は語り、ほんの十数年までは誰もが知っていた豊かにざわめく命の光景についてこう言うのです。

十五歳の以下の童児は見た事はありますまい。
十四五歳以下の童児は、白鷺や鶺鳥の生きて居るのを見た者は御座いますまい。
二十歳以下の青年諸君は、右等の事は　御存知ありますまい。

＊足尾銅山の鉱毒被害　足尾鉱毒事件は、日本初の公害事件と言われている。明治のはじめ、国内一の産出を誇っていた栃木県の足尾銅山からの鉱毒ガスや排水の鉱毒等により、群馬県と栃木県の境を流れる渡良瀬川流域に大きな被害がもたらされた。周辺の農民達は、田中正造らをリーダーとして何度も蜂起して抗議し、対策が講じられて被害は減少したものの、周辺地域の用水や河川、土壌汚染の影響は、一九七三年の閉山を経て現在に至るまで残り続けている。詳細な科学調査は行われていないが、鉱毒による死者、死産も甚大であったと言われている。

（鳥獣虫魚草木を躊躇なく殺す者たちは、同じように人間も殺しにかかるだろうけど、二十歳以下の青年諸君は御存知ありますまい。）

人は、この百数十年の歳月の間、繰り返し、「二十歳以下の青年諸君は御存知ありますまい」と呟きつつ、風土が破壊され、風土に宿る名もなき神々も人間も殺されてゆくなかに、抗うすべもなく身を置いてきたのでしょう。地を這う虫のように、流れる水のように世をめぐり、名もなき小さき神々と人間たちの宴の「場」を開いてきた芸能が失われていくさまも見てきたのでしょう。そして、時とともにそのこともすっかり忘れてきたのでしょう。繰り返し風土殺し神殺し芸能殺し人殺しの現場に身を置いて、繰り返し忘れてきた。

ところが、その繰り返しのなかにあっても、遥かな旅の末に届けられたかのような「声」に不意に出会い、忘れていたことを不意に思い出す瞬間があるのですね。

たとえば、私にとって、渡良瀬川のほとりからの庭田源八翁の声がそれ。時を経て、その声に響き合うように放たれた水俣の渚からの石牟礼道子の声も、それ。そもそも源八翁や石牟礼さんがそれぞれに交感していた山川草木鳥獣虫魚の声がある。ちいさな命のかすかな声に耳を開け、忘れるな、思い出せ、取り戻せ、語れ、歌え、つながれ、闘え！　と、そっと囁きかける無数の声がある。

その声に、自分自身の声をどう響き合わせて、どんなふうに語るのか、歌うのか、生きるのか。大事なのはそこ。と、いまあらためて、つくづくと思い返している私がいます。

（ああ、そうなのでした。〈旅するカタリ〉としての私は、瞽女のように三味線を抱えて世を巡り「浄瑠璃《じょろり》」を語る遊芸の民でありたかったという石牟礼さんの、夢の続きの声を放ちたいと願ってきたのでした。）

中川五郎さんとの手紙のやりとりを振り返ることから始まって、庭田源八翁の「声」を想い起こすうちに、ふと、「手紙は忘れたころにやってくる」という言葉が私の胸をよぎっていきました。

十年越し、百年越し、遥かな時空を超えてやってくる懐かしい手紙のような「声」がある。繰り返しやってくるその懐かしさは、そこに私たちが置き忘れてきたものたちの「声」があり、「命」があるゆえのことなのでしょう。すぐ忘れて、すぐ慣れる私たちにとって、「声」はつねに忘却の彼方から、「ねえ、覚えている？」と送り届けられてくる手紙なのでしょう。

もうひとつの歌。「平和に生きる権利」のこと。

これは、*ソウル・フラワー・ユニオンの中川敬さんの歌声や、シカラムータの大熊ワタルさんのクラリネットの調べをとおして、私の体に染みとおってしまった歌です。

そして、なによりもこれは、〈権力&欲望〉と結託した軍部によって起こされた一九七三年のチリの軍事クーデターのさなか、歌をうたったがゆえに〈権力&欲望〉の代理人たちになぶり殺された*ビクトル・ハラの歌。

手紙は忘れたころにやってくる

生きる権利
詩人ホーチミンよ
彼はベトナムの地から
全人類の心を打つ
どんな大砲にも消せはしない
君の稲田に刻まれた畝を
平和に生きる権利を

インドシナの地は
広い海の向こう
そこではジェノサイドとナパーム弾で
花が破裂させられる
月と見まがう爆発が
すべての叫びを溶け合わせ
平和に生きる権利を呼ぶ声となる

ホーおじさん、ぼくらの歌は

純粋な愛の炎
それは鳩舎のハト
オリーブ畑のオリーブ［の木］
それは世界に遍《あまね》く歌

＊ソウル・フラワー・ユニオンの中川敬さんの歌声…　ソウル・フラワー・ユニオンは、アイヌや琉球、アイルランドの民謡を取り入れた独自の音楽で評価と人気を得ているバンド。ドヤ街や被災地などでのライブを数多く行い、反原発、沖縄・辺野古基地反対運動などにもコミットし続けている。「平和に生きる権利」は、ソウル・フラワー・ユニオンとシカラムータ両バンドのアルバムに収められている。

＊ビクトル・ハラ　一九三二～一九七三年。チリのシンガーソングライター。農民や工場労働者の苦しみ、権力や大資本への抵抗を歌い、「耕す者の祈り」などで人気を博した。南米に政治的動乱が続いた六〇年代を経て、チリでは一九七〇年に人民政権が誕生するが、内紛が続いた。七三年九月にアメリカの後押しを受けるピノチェト率いる軍がクーデターを起こし大統領府を爆撃、抵抗する民衆をスタジアムに連行し虐殺した。ハラもそのひとりで、惨殺遺体となって発見された。

それは平和に生きる権利を

一九七一年に、ビクトル・ハラが戦火のベトナムへと思いを馳せて作ったこの歌から立ち上がってくる世界の光景は、二〇二〇年現在の世界の光景と、本質的になんら変わりはないようです。

（ホーチミンと言えば、思い出す。フランスの植民地支配と戦い、アメリカと戦ったホーチミンがかつて中国に亡命していたころ、やはり日本の植民地支配からの亡命政府であった大韓民国臨時政府の人々との間で温かな交流があったことを。日本が敗戦し、解放された朝鮮へと上海から帰ってゆく臨時政府要人たちのために、ホーチミンは歓送の宴を催した。）

（植民地支配と言えば、思い出す。ビクトル・ハラはヌエバ・カンシオン（新しい歌）という音楽運動の中心的人物であったのだけど、その運動は、西洋の到来によって植民地とされた南米チリの先住民との連帯を核に置いたもの。風土に根差した先住民音楽を取り込む形で、この世の植民地主義者たちへの、つまりは〈権力&欲望〉への批判精神に満ちた歌をヌエバ・カンシオンは創り出していった。同じ時代、植民地の延長線上に成立した国家に抗して反体制運動を繰り広げていた韓国の青年たちもまた、風土に根差した芸能・音楽を闘いの根拠地として、「民衆歌謡」という新しい歌を歌いはじめていた。）

ビクトル・ハラが、無惨な死の一か月前に作った「宣言」という歌のなかに、こんな言葉があります。

ぼくの歌は星々に届くための足場
真実を歌いながら死んでゆく者の血管のなかで脈打つとき
ぼくの歌は意味を持つ

「命」に対して、命がけで生きよ、歌えよ。と、ビクトル・ハラは言っている。今だからこそ、ますます身に沁みる声です。

ずいぶんととりとめなく書いてきてしまいました。

あらためて、今は、コロナ自粛真っ只中。そして、現在進行形で、堂々と、あたかも国策であるかのように、文化・芸能の小さな「場」やそのささやかな担い手ががどんどん潰されていっているところです。その一方で、「命」に対して、使い捨てるほかはまったくの無策無能であることを隠しもしない、ただひたすら〈権力&欲望〉のセンターでしかない国家なんてもういらないんじゃないか、という思いを深める日々でもあります。

もういいかげん、やられっぱなし、忘れっぱなしは、おしまいにしましょう。

手紙は忘れたころにやってくる

捨てられ、殺され、忘れられるばかりの「神々」をそろそろ呼び戻しましょう。

いいえ、なにも神がかったことをやろうというんじゃないんです。「神々」というのは、山川草木鳥獣虫魚＋人間というすべての「命」の別名ですから。

遍在する命の数だけ声をあげて、歌って語って「場」を開く、「場」に集って出会ってつながっていく、息の詰まるこの世に無数のささやかな「場／センター」を穿っていく。ただそれだけのことを繰り返し、繰り返しやっていく。

繰り返しやられても、そうやって繰り返しやり返していく。

繰り返し放たれるささやかな「声」は、遠い旅へと繰り返し送り出されてゆく手紙になるはず。

いつかそれは、さまざまな誰かのもとに「忘れたころにやってくる手紙」となって届いて、「ねえ、覚えてる?」と囁きかけるはず。

「声」は時空を超えて響き合うはず。

それが私たちの闘い方のはず。

忘れないよう、慣らされないよう、殺されないよう、繰り返し、繰り返し、手紙を受け取る、手紙を送る……。

そう言えば、この往復書簡は中川五郎さんの放った恐ろしい言葉で締めくくられておりました。

「スタイルこそ違え、声で物語や思いを、言葉や言霊をどこまでも遠くまで届けようと試みつづけているぼくたちは、二〇二〇年二月の今、新たに一座のようなものを組んで、ひたすら地べたをさすらう語りの旅に出ることを真剣に考えてもいいのではないでしょうか。

新たな旅の始まりの予感を感じています。」

まさに、二〇二〇年のコロナの時代の今ですよ、五郎さん、これは大変な旅ですよ、ああ、なんだか、本当にはじまっちゃったみたいです。

「勇気とともにあった歌は　永久に新しい歌なんだ」

これは、ビクトル・ハラの歌、「宣言」のなかの一節です。

これもまた、私が受け取ってしまった新しい歌、そして「忘れたころにやってくる手紙」のひとつです。

私たちの合言葉は勇気。さあ、出発です。

二〇二〇年八月十日

姜信子

中川五郎

勇気の歌、打開の旅

姜信子さんとのこのひと続きの手紙のやり取りで、ぼくが最後の手紙を送ったのは今年二〇二〇年二月一日のことだった。その手紙でぼくは姜信子さんと渡部八太夫さんの〈旅するカタリ〉と一緒に日本じゅうあちこちを（願わくば日本の外へも）回る新たな旅の始まりを予感していて、それぞれのスタイルは違っても、共に「声」を使って、物語や思い、言葉や言霊を届けようとする試みに大きな期待を寄せていた。

しかしその直後、旅も「声」を使って思いを届ける行為も、とても困難な状況になってしまった。新型コロナウイルスの感染が世界じゅうに拡大していったからだ。

ぼくが最後の手紙を出した二月一日、日本では新型コロナウイルスの感染に関してはまだ深刻な状況にはなっていなかった。二〇一九年十一月末に中国の湖北省武漢市で新型コロナウイルス（SARS-CoV-2）によって発生した新型コロナウイルス感染症（COVID-19）の感染者が日本でも確認されたのは二〇二〇年一月二十八日のことで、二月五日には二日前の二月三日に横浜港に入港したクルーズ船ダイアモンド・プリンセス号の乗船者に感染者がいることがわかり、船内での感染者の数はどんどん増えていった。それでもまだ日本では新型コロナウイルス感染症は「クルーズ船」の中だけのできごとだと高を括っているようなところがあった。しかし感染はすぐにも日本各地で広がり、二月下旬には「日本じゅうで感染が拡大するか収束するかはここ一〜二週間が瀬戸際」と専門家会議が訴え、二月の終わりに政府は学校の一斉休校やイベントの自粛を要請をするようになり、それからひと月以上も後の四月七日には緊急事態宣言が出されたのだ。

ぼくの音楽活動の中心となるライブに関して言えば、かなり早い時期から、感染拡大を防ぐには密閉空間、密集場所、密接場面の「三密」を避けなければならないということが国からも地方自治体からも専門家たちからも繰り返し何度も言われ、ライブというのはまさにその「三密」なしではほとんど成立しないようなところがあるので、ほんとうに厄介な状況にどんどんなっていった。しかもぼくの活動の場合、ライブは小さくてとても狭い場所でやることが多く、ライブをやれば目の前に聞き手がいるのがあたりまえで、その人たちの前でぼくが唾を飛ばしながら歌うので、それこそいつでも最も「密」なやり方になってしまう。

二〇二〇年三月、ぼくのライブの予定は十一回入っていたが、そのうち四回はこういう状況だから延期もしくは中止しようという連絡が早々に来て、結局三月二十四日まで東京や埼玉、大阪などで七回だけライブを行った。ライブは行ったものの、果たしてこんな時期にライブをやってもいいのか、自分のライブが感染拡大に繋がることにならないのかと、歌っていても気が気ではないというか、気持ちは激しく揺れ動き、不安で演奏に集中することがなかなかできなかった。三月の末に予定していたぼくの新しいアルバムのレコーディングも、すべて準備が整い、参加メンバー全員のスケジュールもしっかり押さえていたのに、この時期に密閉した場所に何人もが集まりレコーディングをすることへの不安がどうしても払拭できず、一人でずっと悩み続けた後、前日にキャンセルするというとんでもないことをしてしまった。

　そして四月からは日本各地どこででも平常どおり安心してライブができるような状況ではなくなってしまった。いつも歌いに行く小さな場所でのライブはもちろんのこと、毎年決まって行われる春や夏の大きなイベントやお祭りやフェスティバルもかなり先のものまですべて中止になってしまった。

　そんなぼくのライブ活動の完全休止状態は四月から六月の半ばまで二か月半続き、日本での新型コロナウイルス感染拡大状況は、終息などまったくしていなかったが、少しは落ち着いたように思えたので、六月十九日からはまたライブを、それも新型コロナウイルスの感染拡大が始まる前にすでに引き受けていたものなどいくつかを、試しに、限定的に、ぼちぼちとやってみることにした。やはりぼくは歌わずにはいられなかったのだ。

　それこそ会場によってはビニール幕の後ろで歌ったり、一度だけはマスクをつけて歌ったりもしてみた。そこまでしても歌ってみたかったのだ。ビニール幕の後ろで歌うのはなかなか微妙な感じで、マスクをつけて歌うのはまったくだめだった。マスクをしていると、歌おうとする自分の気持ちが削がれるということもあるが、歌う時はどうしても口を大きく動かすので、必然的にマスクがずれてきて、結局は口が剝き出しになってしまうのだ。

　それにマスクといえば、聞きに来てくれる人たちがみんなマスクをしているというのもとてもつらい。口を隠すということは、その人が誰なのか急にわかりにくくなってしまうし、その人がどんな気持ちでいるのかもはっきりと伝わって来なくなる。目は口ほどにものを言

勇気の歌、打開の旅

う、とは言うけれど、マスクをしている人の目だけを見ていても、その目は何もかもを語ってはくれない。やっぱり口がものを言う。声を出さなくても見えているだけで口はものを言う。塞がれて初めて口の大切さに気づかされるのだ。

しかも歌を聞きにライブの場に来てくれた人とせっかく会っているのに、密になることを避けて、親しく話せない。口を見せ合えない。うんと近づけない。一緒にお酒を飲めない。これも残酷な話だ。ぼくのライブは、ただ演奏をやればいい、聞いてもらえばいいというのではない。演奏中の歌い手や演奏者と聞き手とのふれあいというか、さまざまなかたちでの相互コミュニケーション、そして演奏後のふれあい、それは一緒にワインなどを飲んでみんなであれこれとわいわいと話し合ったりすることなのだが、それらがあってこそ初めてライブが成立するとぼくは考えている。

つまりぼくにとってのライブとは、歌い手と聞き手とが同じ空間にいて、同じ空気を共有し、生の声や音がその空気を震わせるもの。声や音がみんなを結びつける媒介となるものなのだ。誰もマスクをして口を隠していないし、それぞれの間を隔てるビニールの幕もいらない。ところが今はこの媒介する存在を何としてでも徹底的に遠ざけなければならない。

話はまた最初に戻る。剝き出しの声が届くそんなライブを、それが何日も続く旅を、姜信子さんと渡部八太夫さんの〈旅するカタリ〉と一緒にしたい、それが実現することを今年の二月一日の時点でぼくは強く願っていた。それは実現することが十分可能というか、実現できない可能性を考えることのほうが無理な願いだった。

しかしその後すぐにもライブが簡単にはできる状況ではなくなってしまい、今またぼちぼちとあちこちでライブが再開されてはいるものの、声や音や歌が生々しい媒介となって空気を震わせるようなライブはまだできないし、やってはいけないことになっている。生の声や音が空間の中を飛び交ってこそのライブなのに、今は演奏者が声や音を何かでくるむことに腐心し、聞き手もそんなくるまれた音をマスクをして受け止めている。そこまでしてライブをやりたいという気持ちはぼくにはよくわかるし、そのためにあらゆる工夫もすれば、「妥協」も厭わないということもよくわかる。

一方そんなライブをやるよりは、インターネットを通じて演奏やライブを配信するという別のやり方を追求したり、そちらに方向転換しようとする歌い手や演奏者がいるし、それを歓迎する聞き手も増えている。いずれにしてもぼくが二月一日の段階で願った、剥き出しの声を届ける「無防備」な演奏や旅は、今のところ実現することがとても困難な状況になってしまっている。悲観的に考えれば、そういうライブや旅がこの先まったく不可能になってしまうことだってあり得るのだ。

日本でも新型コロナウイルスの感染が拡大し、無制限に、思うようにライブができなくなってしまってからこの八月の終わりですでに半年になる。少なくともぼくは、この半年間、無制限に、思うようにライブができなくなったという状況判断をしている。ぼくと同じような判断をしている人たちの間でも、「制限」の中身や「思うように」の「思う」の中身は千差万別で、それぞれ違っていることは言うまでもない。それにまったく違う判断をしていて、制限なんか無意味だと、新型コロナウイルスの感染が拡大している今の状況の中、それをものともせず、あるいはそれを無視して、もしくはそれに抵抗して、あるいはそれに反逆してライブを敢行している人たちすらいる。

人によってさまざまな判断の違いが生まれているのは、その人が新型コロナウイルス、そしてそれによって発生した新型コロナウイルス感染症の世界的な感染拡大をどう受け止めているのかによるのだろう。コロナウイルスなんて存在しない、ふつうの風邪と一緒だ、国や自治体などが大げさに言っているだけだという、ぼくからすればとんでもないと思える考えに影響されている人たちがまわりには何人もいるし、新型コロナウイルスは何かの世界戦略の一環だとかどこかの秘密の実験だといったまがまがしい陰謀論に簡単に与している人たちすら存在している。

そしてライブをやるべきかやめるべきかといった問題だけでなく、ＰＣＲ検査やマスクの効果や必要性に関しても、そういう人たちからはこれまたぼくからすればとんでもないというか、極端なまでの発言が飛び出したりしている。受け止め方や考え方は人それぞれ、自由だといっても、基本的なことを押さえたり、いろいろと学習することなく、突拍子もない主張に飛びつく人が自分のまわりには意外と多いことに愕然とさせられる。

これは恐らくぼくらの国が新型コロナウィルス感染拡大に対して愚かで劣った対策しかしていないということと関係があるのだろう。政府にしても多くの地方自治体にしても、そして専門家会議とやらにしても、ぼくらの国の場合、いろんなことをはっきりとさせようとする努力を怠っているというか、惜しんでいるようにぼくには思える。何もかもがうやむやで、多くのことで透明性がなく、細かな情報は伝わりにくく、それぞれ言うことが違っていて、誰を信じていいのかわからない。そして対策を受け止めるこちら側も、それならばと、自分たちで積極的に学習したり調べたりするという気迫が欠けているような印象を受ける。

政府の対策は二月の終わりの全国の小学校、中学校、高校への休校の要請やイベント自粛の要請に始まり、それから外出自粛の要請や夏の東京オリンピックの延期決定があり、四月七日への緊急事態宣言へと繋がった。しかしさまざまな自粛の要請と同じように、緊急事態宣言が告げられても、都市封鎖が行われたり、公共交通機関がストップしたりすることはなく、店舗の休業や施設の休館も要請にとどまり、応じなかった場合の罰則はなく、住民の外出に関しても、あくまでも自粛の要請で、強制力や罰則を伴うものではなかった。自粛、すなわちそれぞれが自分で判断し、自ら進んで行動を慎むということに何もかもすべてが委ねられたのだ。

都市封鎖や公共交通機関を停止したり、人々の移動を制限をせず、さまざまな要請に応じなくても罰則はない。日本は民主主義だからこそ強権を発動をしないのだと受け止めて、あ、日本はいい国だ、民主主義だと言っている人たちもいるが、別の受け止め方をすれば、「国」は無能無策ゆえにすべてを「民」まかせにしている、「民」を主にしているということになる。「民」は何も強制されたり命令されたりしていないので、すべて自分の判断で動くことができる。その時にみんながどれだけ自分で考え、自分で決め、自分の行動をすることができるのか、それこそ民主主義とは何なのか、それがほんとうに機能しているのかが、そこで初めて見えてくるのではないだろうか。自主、自立、自決、自粛、それらの本来の意味がそこで試されるはずで、その時この「逆境」は「チャンス」へと変えられる。

ところが現状はといえば、「自粛」が「監視」や「密告」や「排除」へと広がっていっているだけだ。誰も自主的に決められない。ライブに関しても、それぞれがそれぞれの「自主」的なやり方を認め合えばいいのに、あれこれ工夫してやっている人たちをやらない人たちが馬鹿にしたり、新型コロナウイルスの感染があるから今はやめたほうがいいと活動を控えている人たちを臆病だと攻撃するどころか、今ライブをやることが現状への反抗であり抵抗なのだと主張する人まで出てきたりして、何だかとんでもないことになってしまっている。

あたりまえだと思われていることを疑うのはあたりまえだし、こちこちに固まっている常識にはヤスリをかけなければならないが、だからといって極端に走ることはないとぼくは思う。

ライブ活動が困難になったこの半年間、新型コロナウイルス感染拡大に関するさまざまな本を読んで、いろいろと得るところが大きかった。最初の頃に読んだイタリアの作家、*パオロ・ジョルダーノの『コロナの時代の僕ら』には気づかされ、学ぶところが多々あったし、とても勇気づけられ、励まされた。最近読んださまざまな分野の二十四人がコロナ後の世界を生き抜く指針を提言する岩波新書の『コロナ後の世界を生きる――私たちの提言』にも勉強させられた。科学史家、科学哲学者でその本の編者の*村上陽一郎さんの「非現場主義は、

＊パオロ・ジョルダーノの…　パオロ・ジョルダーノは一九八二年生まれ、イタリアの作家。トリノ大学で素粒子物理学を学んだ後、二〇〇八年、小説『素数たちの孤独』でデビュー、国際的ベストセラーとなる。『コロナの時代の僕ら』は二〇二〇年二月、イタリアで感染が急速に拡大する最中に新聞に寄稿された文章をもとに、三月に電子書籍で刊行された。日本語版は、初めての緊急事態宣言発令後間もない四月に早川書房より刊行。

＊村上陽一郎　一九三六年生まれ。科学史家。東京大学・国際基督教大学名誉教授。『西欧近代科学』『近代科学を超えて』などの著書、『偶然の本質』（アーサー・ケストラー著）などの訳書、多数。

音楽など、通常の『働き場』とは性格の違う領域にも浸透し、画期的な試みがすでに幾つも実験されつつある」という一節を読んで、ライブというぼくの通常の「働き場」に思いを馳せ、はっとさせられたし、「『寛容』の定義の一つとして、人間が判断し行動する時、『ベター』と思われる選択肢を探すべきであって、『ベスト』のそれを求めるべきではない、というルールを認めることである」という考えにも大いに納得させられた。また農業史研究者の*藤原辰史さんの「いかに、人間価値の値切りと切り捨てに抗うか」、「皆が石を投げる人間に考えもせず一緒になって石を投げる卑しさを、どこまで抑えることができるのか」という言葉、そして藤原さんが引用している中国の作家、方方の「一つの国が文明国家であるかどうか［の］基準は、（中略）ただ一つしかない、それは弱者に接する態度である」という言葉に、これから先、新型コロナウイルス感染拡大が始まる前と何もかもが大きく違ってしまったとしても、どんな世界になっても、どんな時代になっても、自分の歌を自分なりに歌い続け、自分のライブを自分なりにやり続ける、そんな旅を続ける覚悟を改めて強固なものにしてくれた。

　旅を続ける上での、新たな旅を始める上での、自分自身への確認事項。新型コロナウイルス感染症について学習し、正しい知識を得る。その中で多様性を認め、自分にできることは何かを考え、「ベスト」や完璧さをつい求めてしまうことを戒め、「ベター」の選択肢の大きさや力を認識する。何があっても歌いたいという自分の思いに向き合い、だからこそどうす

＊**藤原辰史**　一九七六年、北海道生まれ。農業史・環境史研究者。京都大学人文科学研究所准教授。著書に『ナチスのキッチン』『分解の哲学腐敗と発酵をめぐる思考』など。本文中の引用は「パンデミックを生きる指針　歴史研究のアプローチ」より、岩波書店によるサイト「B面の岩波新書」に二〇二〇年四月二日にアップされ反響を呼び、後に『コロナ後の世界を生きる』に収録された。方方は新型コロナウィルス蔓延によって都市封鎖された武漢の実情を伝える日記をブログで公開した。このブログは書籍化され、邦訳は二〇二〇年九月に『武漢日記　封鎖下の60日の魂の記録』（河出書房新社）として刊行された。

ればいいのかということを真剣に考え、思い悩み、知恵を絞る。乗り越えられない「試練」はない。

これからは大変な旅になる。それは覚悟している。しかし一つの新しい旅は今年の二月にすでに始まっていたと断言できる。その旅には素晴らしい道連れ、心強い道連れがいる。それは姜信子さんと渡部八太夫さんの〈旅するカタリ〉だ。その旅で勇気を分かち合い、新しい歌を作り出せるのだ。

姜信子さん、渡部八太夫さん、二人の〈旅するカタリ〉。新たな旅、了解しました。さあ、出発進行!!

二〇二〇年八月二十八日

愛する〈旅のカタリ〉〈歌うたい〉たちへ

末森〝唄う狂犬〟英機

ご両所のさだかもパピルスに醸しだすぬくみ叫びとささやきの鳴音《ねいろ》。その妙なる音沙汰、水ゆらぎに砂と金をゆすりわける調べの報せ。おおいなる言伝、宇宙規模の接吻《ベーゼ》──愛憎ないまぜあの懐かしの投げキッスをもこのコロナ禍をも超えて。やりとりラヴレターみごとに、いのちの心子に迫りくるまばたき旅になりました。読み直し読み直しに、感に堪えず、欣喜雀躍、きっと梵天サマも手を叩《う》ち宙返り、この踊るパロールやラングそしてかすかなチカラ強いメロディ、胸迫り打つこと、まさに忘れ難き音信《おとずれ》、ヒマラヤ王の娘パールバティーも耳を澄ますこと。隠れた耳の計らいか。

集いのなせる術《すべ》、ひさしく地べた漂泊にさすらひ、カタリ歌うたい、そのまぶたのゆくえ終え方を、歌わずの都市《まち》、語らずの都市《まち》に見つめてめぐります。星を仰ぎ路地を見よ。つねづね賤しまれ、踏みつけられて、痛めつけられている草民たちの魂とともにあることを生きるささやかな誇りに。

カタリ〝妄犬〟姜信子学姉は姉妹バチ、ウタイ〝節犬《ふしいぬ》〟中川五郎学兄は兄弟バエ──ツメ

愛する〈旅のカタリ〉〈歌うたい〉たちへ

タキ天ヲ睨ム杭強ク、つがいのなまらぬ匕首《あいくち》のようなご両所は世界を一つの劇場に。この世の獣みちをゆく、心やさしい愛すべき犬、人間のような心、人間以上の心をもった犬のそれ、人として生まれ変わる前に、まず犬として生まれるとゆう、あかし星の言伝のたぐい。一匹ではひとりでは生きてはゆけない愛おしさ、このまっしろなハダカの能力、まはだかの理《ことわり》。傷だらけの愛の身体で魂がカミさまと交じり合う契りを結ぶ。儀を立てる。決して差別を立てず、どんな限定をもたず、差異《ちがい》をもたず、人を思いやる天才たち。モノカキやカシュとゆう職業ではなく、〈カタリ〉〈歌うたい〉とゆう天職を授かった旅芸人たち。愛する犬の愛。草民ヲ愛ス！

人のからだの片手はつねに血塗れです。そして卑しき牢獄。ただどんなところにもカミさまがおられ、ささやかな謀反の氣息《いき》の音がそよいでいる。「不満をもらさず逆らうことなく、背負った荷物を運べ」そのわりに〝とわ〟とゆう〝わな〟に、ひときれのパンにも値しない〝祈り〟にまどわされながら、ご覧、黒い憤怒、黒い戦場に人々の首をさらし散らしたままの歴史は容赦なし。人々それぞれに割り当てられた運命こそ、悪魔には好都合、天使の監視団も無視して棺を神輿に取ってかえる。人間は己れの投げたサイコロに溺れつづけることひさしからず。

運命よ！　来い!!　しっぽを切られた泥棒犬よろしく袋小路を遁走しまくるような犬ではない。不屈の民の命がけの勇気犬だ。さながら革命歌《ベンセモーレ》。ムシカ・プロテスタでありヌエバ・カンシオン、いのちを宣言する愛の犬たちだ。人が生きるかわらけ土器ならば、そのしいたげられる者たちの思い想いの器になり旅する。かのもの一人とゆう盃の造り主よ、いっさいが一であるなら、なぜ籾殻《もみがら》は篩《ふるい》の上に残り、半分はフルイの下に落ちゆくのか？　あならの深傷《ふかで》を気にもせず、ちりばめられたクズ星のかけら、ふみしめあゆむ伴侶伴侶《つれづれ》に。カタリ歌うたい、旅の切れ目は縁のき裂れ目、この運針《ぐしぬい》のような旅ゆきに。のぼろうとしても沈んでしまう蝶々の氷山への旅。泡はこの身、現世《うつつ》は見世物、蜃気楼のような、会えても会えなくても、報われても報われなくても恋は恋する虜《とりこ》、近くにいても離れていても愛は愛するめしうど囚人。運命は人を飛べない鳥に、はたして〝掟《さだめ》〟するだろうか？　否このラヴレターたちに尋ねたまえ。にせの愛は少しずつ消ゆる。もろもろの苦しみから、別れ告げられることはないかもしれない。読後にあしたもあさっても忘るなかれ！　とゆうメロディがこだまする。

「悪いものは悪い目つきで見なくちゃいけないではなくて、悪いものも善い目つきで見なくちゃ、笑った目で見なくちゃ」

それが悪いものと縁切りをさせるチカラになる、エイモス・チュッオーラさん、カタリ歌うたいの旅ご一緒されたのかしら。そのとき唄う狂犬のこのぼくは「うしろににらむものあり　うしろよりわれをにらむ　青きものあり」とケンジさんに背中押されます。愛のお便りたちに。

二〇二〇年八月八日、コロナ禍の鏡の上で

173　末森“唄う狂犬”英機

愛する〈旅のカタリ〉〈歌うたい〉たちへ

末森英機　すえもりひでき　一九五五年、東京生まれ。詩人。詩集に『楽園風』『東京新事情』『鬼が花を嗅いでいる』『光の楔、音の礫。』など。タブラ奏者ディネーシュ・チャンドラ・ディヨンディと組んだナマステ楽団でも活動。ＣＤアルバムに『蜜ぐるみ　森羅万象ヲ躍らせてタブラ唄は序曲すル』。この往復書簡を企画し、自らのホームページに掲載した。

本書は、末森英機氏のホームページ「声のない番犬」に連載された往復書簡「歌力——歌うことは二度祈ること」と書き下ろし原稿をまとめたものです。

路傍《ろぼう》の反骨《はんこつ》、歌《うた》の始《はじ》まり

姜《きょう》信子《のぶこ》×中川《なかごろ》五郎《ごろう》 往復書簡《おうふくしょかん》

二〇二一年三月六日初版発行

著 者 姜信子

中川五郎

発行者 上野勇治

発 行 港の人

神奈川県鎌倉市由比ガ浜三 - 一一 - 四九

〒248-0014

電話 0467-60-1374

ファックス 0467-60-1375

版 画 moineau「歌の始まり」

印刷製本 シナノ印刷

ISBN978-4-89629-388-3 C0095